Vera Hewener

WEIHNACHTSTHEATER
BAND 2

Kurze Bühnenstücke und Sketche

Edition Rampenlicht

Über das Buch

Die neuen Weihnachtssketche für Erwachsene von Vera Hewener begeistern weiter. Mit charmantem Wortwitz, herzerwärmender Komik und vergnüglichem Humor laden sie dazu ein, die Adventsfeier zu einem Ereignis werden zu lassen, das lange in Erinnerung bleiben wird. Was den Lacherfolg garantiert, ist die erprobte Bühnenaufführung durch die Seniorentheatergruppe Die HerbstGoldenen, für die Vera Hewener die Stücke schreibt, inszeniert und aufführt. Ein weiteres Kennzeichen ist der geringe Aufwand der Inszenierung. Die meisten Stücke werden von zwei Personen gespielt, manche enthalten bis zu vier Rollen.

Vera Hewener, Jahrgang 1955, lebt als freie Schriftstellerin in Püttlingen. Sie erhielt für ihr Werk mehrere internationale Literaturpreise, u.a. Superpremio Cultura Lombarda 2001 vom Centro Europeo di Cultura Rom (I), Grand Prix Européen de Poésie (F) 2005 vom Centre Européen pour la Promotion des Arts et des Lettres CEPAL Thionville (F), Goethe Trophäe (F) 2007, zuletzt Wilhelm Busch Preis (F) 2017.

Pressesplitter

„Der fast originalgetreu vorgetragene Wiener Schmäh rief ausgelassene Heiterkeit hervor.... Die letzte Geschichte entlockte dem Publikum schließlich ununterbrochene Lachsalven." Heusweiler Wochenpost 13.7.17. „Vera Hewener versteht es meisterlich, Fiktion und Realität miteinander zu verknüpfen." DieWoch, 11.10.17. „Offensichtlich steckt auch ein Schalk in Hewener..., einer der Pointen nicht scheut und es auch mal schätzt, den direkten Weg in die Herzen schlagen zu können." SZ, 07.12.17. „Mit Augenzwinkern inszeniert Vera Hewener den Nikolausalarm, die Wiener Oper oder einen Silvestergeburtstag, kurze Bühnenstücke, die für Heiterkeit sorgen." Buchtipp Die Woch, 08.12.18. „Besonders die Dialoge der Oberbürgermeisterin mit ihrer Pressesprecherin riefen ständiges Gelächter im Publikum hervor." Heusweiler Wochenpost 26.06.19. „Die Autorin experimentiert mit Bedeutungsinhalten, Sprachebenen oder sogar einem einzelnen Buchstaben. Es entstehen überaus komische Situationen. Was alle Stücke auszeichnet ist der elegante Wortwitz, die herzhafte Komik. Buchtipp der Woche, Wochenspiegel 28.10.23.

Vera Hewener

WEIHNACHTSTHEATER BAND 2

Kurze Bühnenstücke, Sketche

Edition Rampenlicht

Bibliografische Information der Deutschen Nationalbibliothek: Die Deutsche Nationalbibliothek verzeichnet diese Publikation in der Deutschen Nationalbibliografie; detaillierte bibliografische Daten sind im Internet über dnb.dnb.de abrufbar.

Amateurtheater können die Stücke kostenfrei aufführen, soweit sie keinen Eintritt verlangen. Für die Lizenzvergabe für Aufführungen professioneller Theatergruppen wenden Sie sich bitte an: webmaster@vera-hewener.de.

Verlag: BoD · Books on Demand GmbH, Überseering 33, 22297 Hamburg, bod@bod.de
Druck: Libri Plureos GmbH, Friedensallee 273, 22763 Hamburg

ISBN: 978-3-8192-0706-8
14,00 Euro

Inhaltsverzeichnis

Wachtmeister Meyer

Wachtmeister Meyer sitzt in Sankt Moritz in der Notrufzentrale und spricht mit Schweizer Sprachfärbung. Er erhält wegen vieler Hilfeersuchen Anrufe oder wird deswegen aufgesucht.

Krampus sucht den Nikolaus

Am Nikolausabend hat Wachtmeister Meyer die Notbesetzung in der Notrufzentrale von Sankt Moritz übernommen.

3 Rollen
Wachtmeister Meyer
Krampus
Nikolaus

Bühnenbild
Büro Notrufzentrale, Tisch, 2 Stühle, Telefon

Requisiten
Zeitung, Sack, Namenslisten

Kostüme
Wachtmeister Meyer: Feuerwehrjacke, schwarze Hose,
Krampus: schwarzes Leinengewand, spitzer Hut, Perücke mit langen Haaren
Nikolaus: Nikolauskostüm

Dauer
6-8 Minuten

Wachtmeister Meyer liest in der Zeitung und amüsiert sich über eine Meldung.

Wachtmeister Meyer *(belustigt)*
Ha, wie kann man denn auch so naiv sein und lässt sich vom Nikolaus ausrauben. Leute gibt's. Glauben einfach alles, was man ihnen erzählt.

Die Tür geht auf, ein als Krampus verkleideter Herr mit einem Sack stürmt in die Notrufzentrale.
Krampus *(aufgeregt)*
Grüezi, guter Mann. Ich möchte eine Vermisstenanzeige aufgeben.

Wachtmeister Meyer
Ja, Grüezi mein Herr. Wen vermissen sie denn?

Krampus *(verzweifelt)*
Ich habe den Nikolaus verloren.

Wachtmeister Meyer *(stutzt)*
Wie bitte, den Nikolaus?

Krampus
Ja, den Nikolaus.

Wachtmeister Meyer *(ungläubig)*
Aha, sie haben also einen Nikolaus verloren?

Krampus
Ja, jeder Krampus hat einen Nikolaus.

Wachtmeister Meyer *(belustigt)*
Der Nikolaus gehört ihnen?

Krampus *(entnervt)*
Nein, natürlich gehört er mir nicht. Einen Nikolaus kann man nicht besitzen, nur wenn er aus Schokolade ist.

Wachtmeister Meyer *(amtlich)*
Wenn ihnen der Nikolaus nicht gehört, können sie auch keine Vermisstenanzeige aufgeben. Verlieren kann man nur etwas, was einem gehört.

Krampus
Aber der Nikolaus wird in einer Stunde gebraucht.

Wachtmeister Meyer *(amtlich)*
Wenn der Nikolaus ihnen nicht gehört, sind wir nicht zuständig.

Krampus *(ungläubig)*
Wie, nicht zuständig?

Wachtmeister Meyer *(amtlich)*
Wir sind die Notrufzentrale, nicht die Gendarmerie. Zu wem gehört denn dieser Herr Nikolaus?

Krampus *(ungehalten)*
Zum lieben Gott natürlich, zu wem denn sonst!

Wachtmeister Meyer *(belustigt)*
Zum lieben Gott? Hören sie, die Basler Fasnet ist erst nach Weihnachten.

Krampus *(ungläubig)*
Basler Fastnet? Was hat das mit der Basler Fasnet zu tun?

Wachtmeister Meyer
Na, so wie sie aussehen! Haben sie schon mal in den Spiegel geschaut. Sie kommen wohl von einer Kostümprobe.

Krampus *(verärgert)*
Ich bin der Krampus, verdammt nochmal, der Begleiter des Nikolaus.

Wachtmeister Meyer *(höhnisch)*
Und ich bin Jesus, der Sohn Gottes.

Krampus *(wettert)*

Sind sie noch ganz bei Troste? Wir haben heute Nikolaustag, deshalb renne ich so herum und suche den Nikolaus.

Wachtmeister Meyer *(verunsichert)*

Sie meinen den Nikolo, den heiligen Sankt Nikolaus?

Krampus *(laut)*

Wen denn sonst!

Wachtmeister Meyer

Und sie glauben, dass ich ihn für sie suchen soll?

Krampus

Genau. Der Nikolaus ist nicht zum vereinbarten Treffpunkt erschienen.

Wachtmeister Meyer *(gereizt)*

Wo um alles in der Welt soll ich ihn denn suchen, vielleicht am Nordpol?

Krampus *(bemüht, die Situation nicht eskalieren zu lassen)*

Jetzt werden sie mal vernünftig, das ist eine ernste Sache. Wenn heute der Nikolaus nicht in das Kinderheim kommt, steht morgen in der Zeitung, ‚Nikolo in Sankt Moritz verschwunden, Krampus suchte vergeblich nach Hilfe‘. Das wäre eine schlechte Werbung für den Tourismus und auch für die Notrufzentrale!

Wachtmeister Meyer

Vielleicht ist er aufgehalten worden bei dem Wetter.

Krampus *(ärgert sich wieder)*

Aber das Wetter hat sich doch wieder beruhigt, es schneit gar nicht mehr.

Wachtmeister Meyer

Hier nicht, aber am Nordpol vielleicht.

Krampus *(kann diese Haltung überhaupt nicht verstehen)*
Sagen sie mal, sind sie überhaupt ein Nothelfer?

Wachtmeister Meyer *(empört)*
Was glauben sie denn, warum ich hier sitze?

Krampus *(sarkastisch)*
Vielleicht um anderen zu helfen?

Wachtmeister Meyer *(aufbrausend)*
Aber ihnen kann ich nicht helfen. Wo um Himmels Willen soll ich denn einen Nikolaus hernehmen?

Krampus *(hat einen Geistesblitz)*
Moment mal, sie könnten doch den Nikolaus spielen. Ich besorge ihnen schnell ein Kostüm.

Wachtmeister Meyer *(abwehrend)*
Das geht nicht, ich kann hier nicht weg.

Krampus *(fleht)*
Aber die Kinder warten doch. Haben sie ein Herz. Das ist doch auch ein Notfall!

Wachtmeister Meyer *(abwimmelnd)*
Für solche Einsätze sind wir nicht ausgebildet.

Krampus
Das brauchen sie auch nicht. Die Namensliste und die Geschenke habe ich hier in meinem Sack. Auch, was sie zu jedem Kind sagen sollen, steht auf dem Zettel da.

Der besorgte Krampus kramt in seinem Sack und wedelt mit dem Zettel vor seiner Nase herum.

Da, schauen Sie. Ich hol ihnen in der Zwischenzeit ein Kostüm.

Wachtmeister Meyer
Aber ich kann die Notrufzentrale nicht unbesetzt lassen. Ich bin ohnehin die Notbesetzung, weil Nikolausabend ist.

Die Tür geht auf. Ein Mann im Nikolauskostüm kommt herein und geht direkt auf Herrn Meyer zu.

Nikolaus
Hallo, Herr Wachtmeister, sie müssen mir unbedingt helfen. Ich möchte eine Vermisstenanzeige aufgeben. Ich habe den Krampus verloren. Ohne ihn kann ich die Bescherung im Kinderheim nicht machen. Er hat sämtliche Unterlagen.

Krampus (*sieht den Nikolaus, schlägt die Hände über dem Kopf zusammen*)
Ja, das gibt es nicht. Sie sind es, Herr Winter! Ich habe sie überall gesucht und ebenfalls eine Vermisstenanzeige aufgegeben.

Nikolaus
Gott sei Dank, dass wir uns gefunden haben. Dann können wir jetzt endlich zum Kinderheim rennen. Vielen Dank Herr Wachtmeister, nichts für ungut. Aber das war wirklich eine schwierige Situation.

Wachtmeister Meyer (*witzelt*)
So, so, der Nikolo, der Nikolo, macht alle Kinderherzen froh.

Krampus
Entschuldigen sie bitte meine Ungeduld. Verstehen sie, die Kinder! Jetzt sind wir ja wieder zusammen. Die Bescherung kann stattfinden.

Wachtmeister Meyer
Ja, ja, was Gott verbindet, soll der Mensch nicht trennen.

Das Findelkind

Am Nikolausabend hat Wachtmeister Meyer die Notbesetzung in der Notrufzentrale von Sankt Moritz übernommen.

2 Rollen
Wachtmeister Meyer
Anruferin

Geteiltes Bühnenbild
Rechte Seite: Büro Notrufzentrale, Tisch, 2 Stühle, Telefon
Linke Seite: Telefonzelle, Tisch mit Telefon, Körbchen mit Puppe

Requisiten
Zeitung, Körbchen, Puppe

Kostüme
Wachtmeister Meyer: Feuerwehrjacke, schwarze Hose,
Anruferin: Alltagskleidung

Dauer
6-8 Minuten

Wachtmeister Meyer liest am Schreibtisch in der Zeitung. Das Telefon klingelt.

Wachtmeister Meyer
Hallo, hier ist die Notrufzentrale. Was kann ich für sie tun?

Anruferin *(aufgeregt)*
Grüezi, Herr Wachtmeister. Wir haben ein Kind gekriegt.

Wachtmeister Meyer *(überrascht)*
Ein Kind? Ja ist denn schon Weihnachten?

Anruferin *(staunend)*
Was hat das damit zu tun?

Wachtmeister Meyer *(erklärt)*
Weihnachten ist das Geburtsfest des Jesuskindchens.

Anruferin *(zweifelnd)*
Das Kind ist aber nicht das Jesuskindchen.

Wachtmeister Meyer *(lapidar)*
Das hätte mich auch gewundert. Das Jesuskindchen ist seit 2000 Jahren nur einmal zur Welt gekommen.

Anruferin
Warum sollte der liebe Gott sich das auch noch einmal antun.

Wachtmeister Meyer
Um was geht es denn, gute Frau?

Anruferin
Wie gesagt, wir haben ein Kind gekriegt.

Wachtmeister Meyer *(lamentiert)*

Wenn das Kind auf der Welt ist, haben wir damit nichts mehr zu tun. Es sei denn, es müsste in ein Krankenhaus gebracht werden.

Anruferin *(erklärt)*
Wir haben das Kind auf der Straße gefunden.

Wachtmeister Meyer *(abrupt)*
Für Fundsachen sind wir auch nicht zuständig.

Anruferin *(verständnislos)*
Fundsache? Na hören sie mal, ein Neugeborenes ist doch keine Fundsache!

Wachtmeister Meyer *(lapidar)*
Nur, wenn sie es geboren haben.

Anruferin *(verzweifelnd)*
Aber ich sagte doch, dass wir das Kind auf der Straße gefunden haben. Es ist nicht unser Kind.

Wachtmeister Meyer *(lapidar)*
Sie könnten das Kind ja vorher verloren haben und haben es dann wiedergefunden.

Anruferin *(verärgert)*
Nein, um Himmelswillen! Es stand in einem Körbchen eine ganze Zeit lang völlig allein vor der Krippe.

Wachtmeister Meyer *(amtlich)*
Aha, sie haben das Kind also entführt! Das muss ich der Gendarmerie melden. Bleiben sie, wo sie sind. Sie sind verhaftet.

Anruferin *(erschrocken)*
Ach du heiliger Strohsack!

Wachtmeister Meyer *(verhörend)*

Strohsack, so, so. Haben sie das Kind aus dieser Krippe entwendet? Sind sie jemand von den Aktivisten, die sich letzte Generation nennen und haben das Kind entführt, damit es keinen Nachwuchs mehr gibt?

Anruferin *(entsetzt)*
Das ist ja nicht zu glauben!

Wachtmeister Meyer *(aufgebracht)*
Das kann man auch nicht glauben, dass es Leute gibt, die meinen, sie wären die letzten Erdbewohner. Ein Kind aus einer Krippe zu entführen, ist ein schweres Verbrechen. Außerdem stören sie damit die Feiertagsruhe an Weihnachten.

Anruferin *(versucht, Situation zu klären)*
Herr Wachtmeister, erst einmal bin ich so alt, dass ich gar keine Kinder mehr kriegen kann. Und zweitens haben wir das Kind nicht aus einer Krippe entführt, sondern auf der Straße vor einer Kinderkrippe an uns genommen und gerettet, damit es nicht verhungert. Schließlich ist es schon dunkel und kein Mensch kam, um das Kind mitzunehmen.

Wachtmeister Meyer *(lapidar)*
Dann müssen sie sich an die Eltern wenden. Bestimmt haben die vergessen, es abzuholen.

Anruferin (aufgeregt*)*
Aber das Personal der Kinderkrippe stellt doch nicht einfach unbeaufsichtigt ein Kind auf die Straße. Außerdem ist auch niemand mehr dort. Die Krippe ist doch geschlossen, weil Weihnachtsferien sind.

Wachtmeister Meyer (abwimmelnd*)*
Wenn das so ist, müssten sie sich an den regionalen Sozialdienst in Sankt Moritz wenden. Wir sind für solche Fälle nicht zuständig.

Anruferin (aufgeregt*)*

Aber die haben doch auch geschlossen. Wir bringen ihnen das Kind jetzt in die Notrufzentrale, damit sie es in eine Einrichtung bringen können.

Wachtmeister Meyer (zurechtweisend)
Wie stellen sie sich das bitte vor. Ich kann doch mit einem fremden Kind nichts anfangen.

Anruferin (ärgerlich)
Aber es ist Weihnachten. Stellen sie sich vor, Maria und Josef bitten um Obdach.

Wachtmeister Meyer (abwimmelnd)
Wir haben aber weder Gästezimmer noch Notunterkünfte. Außerdem bin ich kein Kinderpfleger.

Anruferin (verzweifelnd)
Sie sollen auch nicht pflegen sondern für die Aufnahme in einem Kinderpflegeheim oder Hospital sorgen. Das Kind befindet sich schließlich in Not.

Wachtmeister Meyer *(beschwichtigend)*
Also gut, kommen sie mit dem Kind in die Notrufzentrale. Ich will versuchen, für das Kind eine Einrichtung über Weihnachten zu finden.

Anruferin (erleichtert)
Da fällt uns aber ein Stein vom Herzen. Vielen Dank Herr Wachtmeister.

Wachtmeister Meyer
Sie müssen aber so lang bleiben, bis das Kind abgeholt wird. Sonst muss ich noch die Windeln wechseln.

Anruferin
Keine Angst, Windeln haben wir schon besorgt und die Milch. Zur Not können wir das Kind bei Ihnen bis dahin auch versorgen.

Wachtmeister Meyer (rezitiert)

Wie steht es geschrieben: ihr seid das Salz der Erde. Denn ich sage euch, wenn eure Gerechtigkeit nicht besser ist als die der Schriftgelehrten und Pharisäer, so werdet ihr nicht in das Himmelreich kommen.

Anruferin
Ja, ja, und selig, die das Leid tragen, denn sie sollen getröstet werden.

Wachtmeister Meyer
Im Moment würde ein Hospital schon genügen.

Der Oberbürgermeister und Herr Meyer

Der Oberbürgermeister der saarländischen Landeshauptstadt bespricht mit seinem persönlichen Referenten die Probleme der Landeshauptstadt.

Glühwein für alle

In der Landeshauptstadt war die Kasse leer. Schuld daran war der Fußball. Seitdem der örtliche Verein alle Pokalspiele gewonnen hatte, stand der Rasen ständig in der Diskussion. Er musste dringend erneuert werden, sonst hätte eine Absage und Verlegung des nächsten Spiels in ein neutrales Stadion gedroht. Die ganze Aktion war so teuer geworden, dass eine Haushaltsperre notwendig wurde und überall gespart werden musste. Jetzt sollte sogar die Weihnachtsfeier für die Bediensteten dem Fußball zum Opfer fallen.

2 Rollen
Herr Oberbürgermeister
Herr Meyer, persönlicher Referent

Bühnenbild
Büro des Oberbürgermeisters, Tisch, 2 Stühle, Telefon

Requisiten
2 Stühle, Tisch, Akten, Telefon

Kostüme
Herr Oberbürgermeister: Anzug
Herr Meyer: Bürokleidung

Dauer
6-8 Minuten

Herr Oberbürgermeister sitzt am Schreibtisch und wählt.

Oberbürgermeister
Der Meyer soll reinkommen.

Herr Meyer *(kommt mit einem Aktenbündel auf die Bühne)*
Guten Morgen, Herr Oberbürgermeister.
Herr Meyer und setzt sich.

Oberbürgermeister (ungehalten)
Guten Morgen Herr Meyer. Mir ist zu Ohren gekommen, dass wir die Adventsfeier absagen sollen? Stimmt das tatsächlich?

Herr Meyer (betrübt)
Nun ja, die Stadtkasse ist leer. Leider besteht die einzige Möglichkeit, mehr zu sparen darin, die geplante Weihnachtsfeier abzusagen.

Oberbürgermeister *(aufgebracht)*
Das kommt überhaupt nicht in Frage. Den Betriebsfrieden aufs Spiel setzen, bloß weil wir wieder einmal klamm sind.

Herr Meyer
Wir setzen sonst die Liquidität aufs Spiel.

Oberbürgermeister *(empört)*
Niemand kann uns verbieten, einen Kredit aufzunehmen. Auch nicht das Rechnungsprüfungsamt.

Herr Meyer
Wir werden keinen Kredit mehr erhalten. Unsere Bonität wurde weiter herabgesenkt.

Oberbürgermeister *(poltert)*
Wer setzt denn unsere Bonität herab, um Himmels Willen. Die Stadt ist immer kreditwürdig!

Herr Meyer

Wenn die Schuldenbremse greift, hilft auch kein Beten mehr, Herr Oberbürgermeister. Auch die Adventsfeier kann die Kasse nicht gnädig stimmen. Oder meinen sie, die Engel würden Euros regnen lassen?

Oberbürgermeister *(redet sich in Rage)*

Engel, Engel. Die Stadt braucht einen Goldesel, keine Engel. Wieso haben wir eine Schuldenbremse? Im Frühjahr konnten wir noch den Rasen des Ludwigparkstadions erneuern lassen. Da gab es keine Probleme!

Herr Meyer

Eben. Deshalb hat die Stadt jetzt auch kein Geld mehr.

Oberbürgermeister

Wollen sie sagen, dass der Fußballverein schuld an der Misere ist?

Herr Meyer

Nicht der Fußballverein ist schuld, es sind die Kollegen aus dem Bauamt, die von einer Drainage ausgingen, die jedoch leider nicht funktionierte.

Oberbürgermeister *(behauptend)*

Die Renovierung des Stadions lag vor meiner Amtsperiode. Also haben die neuen Kollegen im Bauamt auch keine Schuld.

Herr Meyer

Die Drainage wurde jedoch in ihrer Amtszeit beschädigt. Und das hat niemand bemerkt.

Oberbürgermeister

Das war arglistige Täuschung oder mangelnde Fachkenntnisse der Baufirma. Haben wir keinen Regress gefordert!

Herr Meyer *(versichert)*

Ja schon, aber so schnell malen die Mühlen der Justiz nicht. Es fehlt überall an Personal, auch an Richtern.

Oberbürgermeister *(verständnislos)*
Sagen Sie mal, deswegen soll jetzt die Adventsfeier ausfallen? Wegen eines Fußballspiels?

Herr Meyer
Wir waren verpflichtet, den Rasen für das Pokalspiel bespielbar zu machen. Sonst wäre das Spiel woanders ausgetragen worden. Das wäre ein herber Verlust an Einnahmen für die Stadt gewesen. Bedenken sie doch, wie viele Besucher Saarbrücken hatte.

Oberbürgermeister *(erregt)*
Ja, und überall Polizei. Kostet das etwa kein Geld?

Herr Meyer
Das zahlt das Land, nicht die Kommune.

Oberbürgermeister
Sie meinen also, der Fußballverein sei der Goldesel, um die Stadtkasse wieder aufzufüllen?

Herr Meyer *(rezitiert)*
Selig sind, die das Leid tragen, denn sie sollen getröstet werden.

Oberbürgermeister *(überlegend)*
Und wer tröstet uns, Herr Meyer? Die Adventsfeier muss stattfinden, egal wie! Vielleicht könnten wir die Kosten umlegen und eine Gebühr erheben, einen Notgroschen für die Stadt.

Herr Meyer
Wer bezahlt schon für die betriebliche Adventsfeier? Da wird keiner kommen und wir auf den Kosten sitzenbleiben. Die Adventsfeier ist außerdem Sache des Arbeitgebers. Der Personalrat wird uns aufs Dach steigen.

Oberbürgermeister *(erzürnt)*
Da wären sie wenigstens einmal oben.

Herr Meyer

Herr Oberbürgermeister, wir könnten im nächsten Jahr den Betriebsausflug ausfallen lassen und stattdessen einen Urlaubstag für alle gewähren.

Oberbürgermeister

Hm, ja warum nicht. Der Betriebsausflug findet auf der Adventfeier statt. Außerdem, wenn niemand Abgase ausstößt, sparen wir gleichzeitig eine Menge CO_2 ein. Klimaschutz als Kassenputz. Ha, das ist eine gute Idee.
Oberbürgermeister muss über den Geistesblitz herzhaft lachen.

Herr Meyer (skeptisch)
Sie meinen, dass der Personalrat so etwas mitmacht?

Oberbürgermeister

Ist der Vorsitzende denn nicht im Vorstand des Fußballvereins? Der verzichtet sicher eher auf den Betriebsausflug als auf das Pokalspiel.

Herr Meyer

Stimmt, sie haben Recht, die sind alle fußballverrückt.

Oberbürgermeister

Genau, auch in der Landesregierung sind welche im Vorstand. Außerdem wäre es auch ein Imageverlust für das Land, wenn das Pokalspiel nicht im Ludwigsparkstadion stattgefunden hätte. Blamiert sind wir schon genug in der Republik.

Herr Meyer *(stimmt zu)*
Unter diesem Gesichtspunkt könnte die Schuldenbremse neu überdacht werden.

Oberbürgermeister

Haben wir das Land um Unterstützung angeschrieben? Schließlich mussten wir auch andere Projekte verschieben.

Herr Meyer

Das haben wir. Die Wohlfahrtsverbände waren nicht erfreut über die Verschiebung. Aber schließlich gibt es auch dort Verbindungen zum Fußballverein.

Oberbürgermeister
Hier ist der Oberbürgermeister der Landeshauptstadt. Mit wem habe ich das Vergnügen? –
Die Staatskanzlei? –
Was kann ich für sie tun? –
Nichts, aha? –
Sie wollen etwas für uns tun? –
Aha, soso, sie übernehmen die Finanzierung für die Projekte? –
Was, der Finanzminister hat zugestimmt, dass das Land einspringt? –
Wegen der Bedeutung des Fußballs für die saarländische Wirtschaft?
Aha, soso, ja, ja, das geht natürlich nicht, nein, nein, Standortfaktor, hm. –
Dann übernehmen sie auch die Kosten für die Adventsfeier? Das ist schließ-
lich auch ein Standortfaktor für die Arbeitnehmer? –
Ja, wirklich, Glühwein für alle? –
Dann bedanke ich mich recht herzlich, dass das Land einspringt. Grüßen sie mir die Ministerpräsidentin.-
Ja, was, was wäre da noch? –
Das Grußwort? Natürlich kann sie ein Grußwort sprechen. Wir laden alle Be-
diensteten ein.- Selbstverständlich, natürlich, die Bediensteten sollen schließlich wissen, wem sie das Fest zu verdanken haben. Das Land sorgt für seine Bürger. Ja, ja. –
Vielen Dank. Und eine schöne Adventszeit.

Der Oberbürgermeister legt erstaunt auf.
Oberbürgermeister
Was sagen sie dazu, Herr Meyer? Das Land übernimmt die Kosten. Die Adventsfeier kann stattfinden. Glühwein für alle.

Herr Meyer
Wie steht es geschrieben: Selig sind, die da hungert und dürstet nach der Gerechtigkeit; denn sie sollen satt werden.

Wer die Wahl hat

Es sind Wahlen ausgerufen. Der Wahlkampf findet während der Weihnachtszeit statt. Der Oberbürgermeister überlegt mit seinem persönlichen Referenten, welche Aktionen sie durchführen sollen.

2 Rollen
Herr Oberbürgermeister
Herr Meyer, persönlicher Referent

Bühnenbild
Büro des Oberbürgermeisters, Tisch, 2 Stühle, Telefon

Requisiten
2 Stühle, Tisch, Akten, Telefon

Kostüme
Herr Oberbürgermeister: Anzug
Herr Meyer: Bürokleidung

Dauer
6-8 Minuten

Herr Oberbürgermeister sitzt am Schreibtisch und wählt.

Oberbürgermeister
Der Meyer soll reinkommen.

Herr Meyer *(kommt mit einem Aktenbündel auf die Bühne)*
Guten Morgen, Herr Oberbürgermeister.
Herr Meyer und setzt sich.

Oberbürgermeister
Guten Morgen Herr Meyer. Wie Sie sicher wissen, müssen wir eine vorgezogene Wahl organisieren. Haben sie diesbezüglich schon Pläne aufgestellt?

Herr Meyer
Nun, ich habe einen Fahrplan für die Auftritte erarbeitet.

Oberbürgermeister
Einen Fahrplan? Das klingt, als sollte ich mit der Saarbahn die Wahlbezirke durchqueren.

Herr Meyer
Nicht mit der Saarbahn. Ich dachte da an ein Pferdegespann, an eine Weihnachtskutsche.

Oberbürgermeister
Weihnachtskutsche? Wie kommen sie denn darauf?

Herr Meyer
Na ja, sie machen mit der Weihnachtskutsche darauf aufmerksam, dass es ein Geschenk ist, wählen zu dürfen.

Oberbürgermeister
Ein Geschenk? Eine Wahl ist ein demokratisches Recht. Dafür haben Generationen vor uns hart gekämpft.

Herr Meyer

Mag sein. Es geht mir dabei um die Stimmung. Die Wähler sollen es als ein Weihnachtsgeschenk empfinden, vorzeitig eine neue Regierung wählen zu können.

Oberbürgermeister

Weihnachtsstimmung? Meinen Sie, dass dies wirklich die richtige Ansprache bei so einer wichtigen Wahl ist, mit einer Kutsche durch Saarbrücken zu holpern?

Herr Meyer

Wenn sie als Weihnachtsmann wahrgenommen werden, empfinden die Bürgerinnen und Bürger Dankbarkeit. Dies führt zu einer positiven Verstärkung und erhöht die Wahrscheinlichkeit, dass sie unsere Partei wählen.

Oberbürgermeister

Ich soll als Weihnachtsmann die gescheiterte Politik in Berlin ausbügeln? Die Wähler sind doch keine kleinen Kinder, die sich mit ein paar Süßigkeiten abspeisen lassen.

Herr Meyer

Ihre Vorgängerin ist durch alle Stadtteile spaziert. Sie können wenigstens in der Kutsche Platz nehmen. Sie sollten dabei auch an ihre Wiederwahl als Oberbürgermeister denken.

Oberbürgermeister

Sie meinen, der Weihnachtsmann kommt besser an als auf Schusters Rappen zu wandern?

Herr Meyer

Zumindest ist es umweltbewusst. Das spornt die Klimaaktivisten an und erhöht die mediale Aufmerksamkeit.

Oberbürgermeister

Da mögen sie wohl Recht haben. Wir sollten uns aber mit dem fliegenden Weihnachtsmann abstimmen. Sonst verpufft er Effekt.

Herr Meyer
Ja, das habe ich bereits getan. Außerdem habe ich nachgefragt, ob sie über den Sankt Johanner Markt fliegen könnten. Einen fliegenden Oberbürgermeister hat es noch nicht gegeben.

Oberbürgermeister
Nein, aber gefeuerte Minister schon. Ich glaube, das ist keine gute Idee. Außerdem bin ich nicht schwindelfrei und habe Höhenangst.

Herr Meyer
Wer als Politiker hochfliegen will, darf keine Höhenangst haben.

Oberbürgermeister
Sie meinen, diese Wahl ist eine Art Höhenflug?

Herr Meyer *(rezitiert)*
Selig sind, die reinen Herzens sind, denn Sie werden Gott schauen.

Oberbürgermeister
Und was ist mit meinem Herz? Das kann nur auf der Erde normal pumpen, in der Luft zerspringt es.

Herr Meyer
Als Wärmepumpe wären sie auch in der falschen Partei.

Oberbürgermeister
Wie bitte? Sie scherzen wohl.

Herr Meyer
Herr Oberbürgermeister, wenn alle so einen Herzschlag wie sie hätten, würde die Stromversorgung zusammenbrechen.

Oberbürgermeister
Jetzt ist es aber gut. Wenn es kalt ist, läuft niemand auf Hochtouren.

Herr Meyer

Deshalb sollen sie ja auch in der Weihnachtskutsche fahren. Da können sie sich in die Decken einwickeln, Hoho rufen und Wahlzettel in die Luft werfen.

Oberbürgermeister

Ich bin doch kein Faschingsprinz. Weihnachten ist eine ernste Sache. Die Leute werden mir das übel nehmen.

Herr Meyer

Eben weil Weihnachten so eine ernste Sache ist, muss man Heiterkeit verbreiten. Das hat auch schon der Papst erkannt, der das Fasten in der Adventszeit abgeschafft hat.

Oberbürgermeister

Sie meinen, Frohsinn würde den Trübsinn der Berliner Republik wegblasen.

Herr Meyer *(stimmt zu)*

Nächstenliebe zu verbreiten ist jedenfalls klüger als Gesetze zu verordnen.

Oberbürgermeister

Und sie glauben, dass die weihnachtliche Stimmung sich positiv auf die Wahl auswirkt?

Herr Meyer

Selig sind die Sanftmütigen, denn sie werden das Erdreich besitzen.

Oberbürgermeister

Deutschland würde uns schon genügen.

Herr Meyer

Wie steht es geschrieben: So lasst euer Licht leuchten vor den Leuten, damit sie eure guten Werke sehen und euren Vater im Himmel preisen.

Hotel Excelsior

Im Hotel Excelsior sitzt Giovanni Calabrese an der Rezeption. Er ist Italiener und beherrscht die deutsche Sprache nicht gut. Weshalb er viele Dinge falsch versteht.

Das Weihnachtskonzert

Frau Strauß hat sich zum Christkindlmarkt in Saarbrücken im Hotel Excelsior einquartiert und will weiter nach Wien. Um in Wien ein Hotelzimmer buchen zu lassen, ruft sie den Portier an.

2 Rollen
Giovanni Calabrese, Portier
Frau Strauß, Anruferin

Geteiltes Bühnenbild
Rechtes Seite: Rezeption, Telefon, Adventskranz
Linke Seite: Hotelzimmer, Tisch, Stuhl, Telefon

Requisiten
Gästebuch, Klingel, Telefon

Kostüme
Giovanni Calabrese: Schwarzer Anzug, weißes Hemd, Fliege
Frau Nikolaus: Alltagskleidung

Dauer
6-8 Minuten

Frau Strauß sitzt am Tisch und wählt. Der Portier sitzt am Tresen und liest. Am anderen Ende meldet sich der Aushilfskellner Giovanni Calabrese, der mit der deutschen Sprache noch nicht sehr vertraut ist.

Frau Strauß
Hallo, ist dort die Rezeption? Hier ist Frau Strauß, Zimmer dreizehn.

Giovanni Calabrese
Ja, buon giorno, hier Giovanni Calabrese.

Frau Strauß
Können Sie mir bitte in Wien ein Zimmer reservieren. Ich fliege morgen nach Wien. Am besten in der Stadtmitte in der Nähe des Stephansdoms.

Giovanni Calabrese
Olala, Sie warten, ich mussen in Buch sehen.

Giovanni blättert im Gästebuch, das er für das Reservierungsbuch hält.

Es tun mir leid. Alles vollgeschrieben. Wir keine Zimmer freihaben, impossibile, ausgebucht. Iste Natale, Saarbrucker Christkindlmarkt. Bitte Sie versuchen nach Weihnachten! *Er legt auf.*

Frau Strauß *wählt neu*
Hier ist noch einmal Frau Strauß, Zimmer dreizehn! Ich brauche ein Zimmer in Wien, nicht hier in Saarbrücken! Verstehen Sie mich? Was ist daran eigentlich fatal?

Giovanni Calabrese
Oh, Sie in Wien? Ich Sie gut verstehn. Alle Sträuße kommen aus Wien. Küss die Hand gnä Frau. Das tun mir sehr leid, scusi, aber iste wirklich nix mehr frei. Natale. Wien wird bei Nachte auch schöner.

Frau Strauß

Nein, ich bin nicht in Wien und komme auch nicht aus Wien, ich bin hier in Saarbrücken! Das ist nicht fatal, sondern normal. Verstehen Sie, ich möchte lediglich, dass Sie mir in einem Wiener Hotel ein Zimmer buchen!

Giovanni Calabrese

Sehr wohl, grande Signora, Sie gebucht für Wien. Aber hier ist nichte Wien, hier iste Saarbrucken, Straußenfrau, iste molto bene, große Schloss, Ludwigskirche, alles Barockoko, wie Schloss Schönbrunn, äh mir fahre auch mite Schiffche auf Saar, nicht auf Donau, hier viele Schwäne, nix Straußenvogel.

Frau Strauß *(ungehalten)*

Das ist jetzt nicht Ihr Ernst. Das weiß ich doch alles, ich habe doch hier ein Zimmer gebucht. Ich wohne hier.

Giovanni Calabrese

Sie bei uns gebucht? Viele schöne Schwäne, grande Signora!

Frau Strauß (*ärgerlich*)

Ja mir schwant auch gleich etwas. Jetzt schlägt's gleich dreizehn. Ich wohne nämlich in Zimmer dreizehn!

Giovanni Calabrese

Oh, gnä Frau, iste Zimmer nicht gut genug? Iste mit dreizehn Zahl unglucklich? Nix schlagen dreizehn. Iste nur Freitag. Morgen besserer Tag. Aber unsere Speisekarte iste imma belissima, fantastico, Pizza, Pasta, Wiener Schnitzel, Wiener Strudel. Alles Strauß, gnä Frau.

Frau Strauß *(versucht, sich zu beruhigen)*

Es ist alles in Ordnung, ja, ja, aber ich fliege nach Wien zum Weihnachtskonzert in die Wiener Oper. Außerdem heißt das „Alles Walzer" beim Opernball, auch wenn alles von meinem Namensvetter Strauß ist.

Giovanni Calabrese

Oh, Wien, nixe Strauß? Iste bessa Opera buffa. Rigoletto."

Giovanni fängt an zu singen: „La donna e mobile.“

Frau Strauß
Also bitte, Sie müssen schon mir überlassen, in welche Aufführung ich gehe.
Sie können Guiseppe Verdi ja in Venedig im Teatro La Fenice bewundern.

Giovanni Calabrese
Nix für gut, grande Signora. Sollen ich Gepäck holen lassen für Flughafen?
Iste schlechte Wetter morgen, Schneesturm, nix opera buffa, alles Walzer,
Straußenvogel, sie mussen fahre mite Schiffche bis Donau, gnä Frau, wie Vo-
gelhändler.

Frau Strauß
Ich fliege aber morgen! Der Flug ist nicht abgesagt. So schlimm kann es also
nicht sein. Und ich bin auch kein Vogelhändler!
Das letzte Wort kommt ihr etwas ungestüm über die Lippen.

Giovanni Calabrese
Bene, sehr wohl, wie Sie meinen, ich verstehe, Giovanni nix gut, Freitag, der
dreizehnte. Gute Nacht! Küss die Hand gnä Frau.
Giovanni legt wieder auf.

Frau Strauß (*trinkt auf den Schreck erst ein Glas Wein und wählt dann neu*)
Hier ist noch einmal Strauß. Ach bitte, buchen sie mir aber nur ein Zimmer
mit Dusche oder Bad.

Giovanni Calabrese
Scusi, uno Momento.
Herr Calabrese blättert wieder im Gästebuch.
Iste leider alles voll, Natale, Saarbrucker Christkindlmarkt, ausgebucht.

Frau Strauß (*glaubt, sich verwählt zu haben und fragt nach*)
Spreche ich mit der Rezeption? Ich habe eben schon angerufen. Ich möchte
kein Zimmer in diesem Hotel, weil ich schon eins habe, und zwar logiere ich
in Zimmer dreizehn.

Giovanni Calabrese
Hier iste wieder nix gute Giovanni, gnä Frau. Ah, bene dass jemand will Freitag dreizehntes Zimmer, gutes Zimmer mit Bad.

Er legt den Hörer beiseite und blättert weiter.
Signora, iste leider alle Seiten besetzt.

Frau Strauß *(ärgerlich)*
Ja Herrschaftszeiten, dieses Zimmer belege ich doch schon seit einer Woche und morgen wird es frei!

Giovanni Calabrese
Verstehe. Sie wollen nichte Zimmer 13, doch Angst vor munaciello, Geist kommt aber nur in Nacht. Vielleicht doch lieber anderes Zimmer?

Frau Strauß *(empört sich)*
Das darf doch nicht wahr sein. Nein, nun einmal ganz langsam zum Mitdenken, damit sie auch alles richtig verstehen. Ich, Frau Strauß, nicht Straußenvogel, und ich bin auch kein Vogelhändler, ziehe morgen hier aus und möchte am Samstag ein Zimmer mit Bad in Wien in der Nähe des Stephansdoms, weil ich Karten für das Weihnachtskonzert in der Wiener Oper habe und nicht für Rigoletto in Venedig! Außerdem singen sie denkbar schlecht, sie Möchtegern-Caruso.
Giovanni Calabrese fühlt sich nun ungerecht behandelt. Schließlich hatte er an seinem freien Tag die Vertretung für den Portier übernommen, damit dieser Urlaub machen konnte.

Giovanni Calabrese
Olala, ich nix Caruso, aber singe in coro italiana immer Solo. Ihre Stimme iste auch nichte Callas, sie wie Krimhilde, Rheingold, iste auch untergegangen. Also wollen buchen für Samstag, nichte Freitag, der dreizehnte, gnä Frau?

Frau Strauß *(bemüht sich um Höflichkeit)*
Richtig, für Samstag.

Giovanni Calabrese

Gut. Dann ich mussen nachschauen. *Er blättert wieder im Buch.*
Signora mite Bad?

Frau Strauß

Ganz genau.

Giovanni Calabrese

Sie Gluck haben, Signora! Ich habe noch Seite, gefunden, munaciello hat wieder zuruckgebracht, Samstagmorgen Zimmer für sie frei! Sie sagen können zum Abschied Servus, gnä Frau.

Frau Strauß *(atmet auf)*

Na, endlich! Das hat ja lange gedauert.

Giovanni Calabrese

Dreizehntes Zimmer morgen wird frei!

So ein Theater!

Frau Nikolaus ist die Vorsitzende des örtlichen Elisabethenvereines. Auch in diesem Jahr soll eine Weihnachtsfeier für die Mitglieder organisiert werden. Um einen Raum, der groß genug ist, zu reservieren, ruft sie im Hotel Excelsior an. Giovanni Calabrese sitzt an der Rezeption. Er ist Italiener und spricht die deutsche Sprache nicht gut. Weshalb es viele Dinge falsch versteht.

2 Rollen
Giovanni Calabrese, Portier
Frau Nikolaus, Anruferin

Geteiltes Bühnenbild
Rechtes Seite: Rezeption, Telefon, Adventskranz
Linke Seite: Wohnstube, Tisch, Stuhl, Telefon

Requisiten
Programmheft Weihnachtsmarkt, Klingel, Telefon

Kostüme
Giovanni Calabrese: Schwarzer Anzug, weißes Hemd, Fliege
Frau Nikolaus: Tageskleidung

Dauer
5-6 Minuten

Portier Giovanni Calabrese sitzt in der Anmeldung. Er blättert im Veranstaltungskalender der Landeshauptstadt Saarbrücken.

Giovanni Calabrese
Dio mio, Sarrbrucken ist ein ganzes Theaterplatz. Überall Stände und Buden. Uno Momento, da ist noch Platz frei.

Das Telefon klingelt. Er hebt ab.

Anruferin
Ist dort der Portier?

Giovanni Calabrese
Hier iste Hotel Excelsior, Giovanni Calabrese am Apparat.

Anruferin
Hier ist Frau Nikolaus vom Elisabethenverein. Ich möchte gerne eine Weihnachtsfeier bei Ihnen buchen.

Giovanni Calabrese
Eine Weihnachtsfeier für Nikoloverein. Hier iste Hotel Excelsior, kein Theater

Anruferin *(irritiert)*
Wie Theater? Eine Weihnachtsfeier ist doch kein Theater.

Giovanni Calabrese
Mama mia, Nikolofrau, Verein iste großes Schauspiel.

Anruferin (versteht nicht)
Wer stellt sich denn hier zur Schau?

Giovanni Calabrese
Ich nicht wissen. Sie wollen doch Theater buchen. Wir sind Hotel Excelsior, nicht Hänsel und Gretel.

Anruferin

Ach so, sie meinen die Oper Hänsel und Gretel. Nein, nein, das haben sie völlig falsch verstanden.

Giovanni Calabrese *(ereifert sich)*

Ich habe gut verstanden. Hören noch sehr gut. Brauche kein Hörgerät.

Anruferin

Aber sie haben nicht begriffen, was ich meine. Ich möchte für unsere Weihnachtsfeier einen großen Raum buchen mit mindestens zwölf Tischen.

Giovanni Calabrese

Wir aber keine Sporthalle, hier Hotel Excelsior mit gutem Ristorante, Pizza, Pasta, bella, bellissima.

Anruferin

Sporthalle? Wir sind doch kein Sportverein. Wir sind der Elisabethenverein. Wir wollen eine Weihnachtsfeier organisieren.

Giovanni Calabrese

Wenn sie wollen Tische am Weihnachtsmarkt, ich mussen bei Stadt nachfragen. Zwölf Tische ist aber großes Platz, kosten viel Gebühr.

Er nimmt den Anmeldebogen für den Weihnachtsmarkt aus dem Veranstaltungskalender und suchte nach den Bedingungen.

Hier stehen für laufendes Meter dreißig Euro.

Anruferin

Die Gebühr ist mir ganz egal. Wir benötigen einen großen Raum.

Giovanni Calabrese

Frau Nikolo, bitte, sollen ich mite Dach buchen, da ist noch Platz frei?

Anruferin *(entnervt)*
Genau, mit Dach. Wir wollen nicht im Schnee feiern.

Giovanni Calabrese
Stadt räumen immer Schnee.

Anruferin
Hoffentlich. Sonst kommen wir vielleicht nicht an. Also haben sie nun Platz für zwölf Tische?

Giovanni Calabrese
Ich mussen nachfragen. Wir Ristorante, kein Saarbrucker Weihnachtsmarkt.

Anruferin *(gereizt)*
Ist das so schwierig, zu verstehen, was ich möchte. Sie machen ja ein richtiges Theater aus einer Reservierung.

Giovanni Calabrese *(beleidigt)*
Ich nix Theatermacher, hier Giovanni Calabrese, Hotel Excelsior. Wollen sie nun großes Platz oder doch lieber Trauerspiel?

Anruferin (empört)
Eine Weihnachtsfeier ist doch kein Trauerspiel! Da wird gesungen, gelacht und Gedichte vorgetragen.

Giovanni Calabrese (freut sich)
Aah, sie sind Choro. Ich singen auch in Choro italiano" *Portier beginnt, oh du fröhliche in italienisch zu singen.*

O Santissimo, Natale fulgido,
Mattino di serenità.

Iste italienische Lied. Sie kennen? Wollen doch lieber Bühne buchen?

Anruferin (brüllt)
Nein, zum Donnerwetter noch einmal, ich will zwölf Tische bei ihnen buchen,
keine Bühne.

Giovanni Calabrese *(beleidigt)*
Also gut. Soll ich buchen für zwölf Tische mite Dach?

Anruferin (bemüht)
Ja, tun sie das bitte.

Giovanni Calabrese
Bene. Dann ich mussen nachfragen, ob Platz noch frei.

Anruferin
Gut, dann fragen sie bitte nach und rufen dann zurück.

Das Telefon klingelt. Frau Nikolaus hebt ab.

Anruferin
Und, hat es geklappt? Sind die Tische noch frei?

Giovanni Calabrese
Si, Platz für zwölf Standtische am Sankt Johanner Markt noch frei. Singen ist
aber verboten. Haben eigenes Theaterchor.

Kommissar Martin und Polizeihauptmeister Abendrot

Die Nikolausverschwörung

Kommissar Martin sitzt in seinem Büro und will sich gerade in den Feier-
abend verabschieden, als eine dringende Terrormeldung eingeht. Er geht mit
seinem Kollegen Herrn Polizeihauptmeister Abendrot ins Verhörzimmer und
trifft dort auf den Nikolaus.

3 Rollen
Nikolaus
Kommissar Martin
Polizeihauptmeister Abendrot

2 Szenen
Bühnenbild 1
Büro: Tisch, 3 Stühle, Telefon

Bühnenbild 2
Verhörraum: Tisch, 3 Stühle

Requisiten
3 Stühle, Tisch, Akten, Telefon

Kostüme
Nikolaus: Nikolauskostüm
Polizeihauptwachtmeister: Polizeiausstattung
Kommissar: Anzug

Dauer
15 Minuten

Kommissar Martin sitzt am Schreibtisch. Kollege Abendrot kommt ins Büro mit einem Zettel in der Hand.

Kommissar Martin
Was gibt's?

Polizeihauptmeister Abendrot
Noch ein Verhör wegen vermutlicher Spionage. Ganz eilige Meldung vom BKA. Mann mit weißem Bart im roten Mantel wegen Spionageverdacht festgenommen.

Kommissar Martin
Na, das ist wieder hervorragend. Ich wollte endlich einmal nach Hause zu meinen Kindern. Es ist Nikolausabend.

Polizeihauptmeister Abendrot
Tut mir leid. Ich hätte mir auch etwas Besseres gewünscht. Aber Anweisung von ganz oben. Terrorwarnung, du weißt schon. Also, ich geh schon mal vor, bis gleich.

Polizeihauptmeister Abendrot verlässt die Bühne.

Kommissar Martin *(ruft seine Frau an)*
Ja, hallo Schatz. Ich weiß, du wirst jetzt sicher enttäuscht sein. -
Ja. Es ist etwas dazwischen gekommen. – Ja, du hast ja recht. Es ist jedes Jahr dasselbe. Nicht mal an Nikolausabend können die Ruhe geben. - Terrorwarnung. Da kann ich nicht anders. Hat der Weihnachtsmann für heute Abend zugesagt? -
Ja? Gut. – Ich kann nicht einschätzen, ob die Lage ernst ist. Also wartet nicht auf mich. Grüß die Kinder. –

Kommissar Martin legt auf, nimmt seine Jacke und verlässt die Bühne.

2. Bühnenbild
Verhörraum: Tisch mit drei Stühlen, Telefon

Polizeihauptmeister Abendrot kommt mit einem Bericht auf die Bühne. Kommissar Martin folgt ihm.

Polizeihauptmeister Abendrot *(blättert im Bericht)*
Hier. Ich weiß nicht, was ich davon halten soll. Das ist alles möglich, aber es kann sich auch um einen Wichtigtuer handeln, der endlich einmal ernst genommen werden will.

Kommissar Martin *(nimmt den Bericht und liest, er setzt sich hin)*
Nun gut, dann hol ihn mal herein.

Polizeihauptmeister Abendrot geht von der Bühne und kommt mit einem weißbärtigen alten Mann herein. Er hat einen roten Mantel an und sieht aus wie ein Nikolaus.

Kommissar Martin
Bitte, setzen sie sich doch.

Der Mann setzt sich hin. Polizeihauptmeister Abendrot setzt sich ebenfalls an die Seite des Schreibtischs.

Kommissar Martin
Können Sie sich vorstellen, weshalb Sie hier sind?

Nikolaus
Ich, ich weiß es nicht. Seit Jahrhunderten fliege ich zur Erde. Noch niemals haben mich Abfangjäger am Weiterfliegen gehindert.

Kommissar Martin
Sie wurden vom Satellit Alpha Centauri gesichtet. Unsere Überwachung hat außerdem ergeben, dass sie immer auf dem Nordpol landen, deshalb sind sie hier.

Nikolaus

Was ist daran Besonderes? Von dort starte ich jedes Jahr mit meinem Schlitten und den Rentieren, um den Kindern die vielen Briefchen zu beantworten.

Kommissar Martin

Briefchen, soso. Womöglich noch mit weißem Pulver! Sie geben also zu, sich unbefugt auf dem Nordpol herumzutreiben? Zeigen Sie mal Ihre Aufenthaltserlaubnis. Wer gibt Ihnen dort überhaupt Unterschlupf?

Nikolaus

Aufenthaltserlaubnis brauche ich nicht. Ich bin überall auf der Welt zu Hause. Aber hier kenne ich meinen Knecht, den Knecht Ruprecht.

Kommissar Martin

Ruprecht, ein russischer Name. Welche Staatbürgerschaft besitzen sie denn, sie Weltbürger?

Nikolaus

Ich verstehe nicht, Staatbürgerschaft? Was ist denn das? Ich kenne nur die Himmlischen Heerscharen, die fliegen übrigens das ganze Jahr über zur Erde. Allerdings starten die nicht am Nordpol.

Kommissar Martin

Himmlische Heerscharen? Sie wollen mich wohl verkohlen.

Kommissar Martin stemmt beide Händen auf den Tisch und sagte laut:
Meinen Sie das Flugheer der russischen Armee? Sind sie Russe? Haben Sie deshalb so viele Sterne auf ihrem Transportmittel?

Nikolaus

Ich komme nicht aus Russland. Ich komme direkt vom Himmel. Fragen Sie doch die Himmlischen Heerscharen. Aber ich habe einen Verwandten in Russland.

Der alte Mann sieht auf den Boden, als hätte er etwas zu verbergen.

Polizeihauptmeister Abendrot
Sie geben also zu, verwandtschaftliche Beziehungen zum russischen Staat zu
unterhalten?

Nikolaus
Väterchen Frost kommt aus Welikij Ustjug im Norden Russlands, circa tausend Kilometer nordöstlich von Moskau. Die Residenz von Väterchen Frost
befindet sich im Wald, elf Kilometer von der Stadt Welikij Ustjug entfernt.

Kommissar Martin *sagt zu seinem Assistenten*
Im Wald. Deshalb können ihn unsere Satelliten nicht orten.

Nikolaus
Aber er ist ganz leicht zu erkennen. Er trägt einen langen blauen Mantel mit Pelz-
kragen, einen breiten Gürtel wie ich und eine typisch russische Pelzmütze. Ein
dicker Eiszapfen dient ihm als Wander- und Zauberstab. Er reist von Sibirien aus
quer durch Russland in einer Pferdetroika und ist in Begleitung des Jungen Neu-
jahr und seiner Enkelin Snegurotschka.

Polizeihauptmeister Abendrot (*schüttelt den Kopf*)
Das wird ja immer interessanter. Klingt wie eine Verschwörung.
Er schreit

Die Russische Armee bereitet wohl eine Invasion vor und sie sind der Anfüh-
rer!

Der Weihnachtsmann zuckt zusammen.

Nikolaus
Das würde ich so nicht sagen. Es gibt ja noch den Nikolo, Sinterklas und Santa
Claus.

Kommissar Martin
Sind das ihre Kontaktmänner? Von wo aus arbeiten die denn im Untergrund?

Nikolaus

Na Nikolaus kommt von Myra aus Kleinasien, Nikolo aus Österreich, Sinterklas aus Norwegen und Santa Claus aus New York. Seine Rentiere heißen übrigens Dasher, Dancer, Prancer, Vixen, Comet, Cupid, Donner und Blitzen.

Kommissar Martin

Blitzen, Blitzen. – Sind das Laserkanonen? Eine Weltverschwörung also!
Er drehte sich zum Polizeihauptmeister und fragt:

Weshalb hat uns der MAD nicht informiert? Wie soll man denn ein vernünftiges Verhör führen ohne Hintergrundinformationen?

Polizeihauptmeister Abendrot *(flüstert)*

Ich habe nur einen Bericht vom technischen Überwachungsdienst. Danach hat der Festgenommene keine Zulassung für sein Gefährt.

Nikolaus

Zulassung, was für eine Zulassung? Den Schlitten habe ich mithilfe der Engel gebaut. Der fliegt schon mehrere hundert Jahre ohne Komplikationen.

Kommissar Martin *(ironisch)*

Engel? Nennt man jetzt die technischen Ausrüster Engel, wohl wie die vom ADAC, die blauen Engel, die sind auch alle falsch.

Nikolaus (erregt sich)

Weiße Engel, bitteschön, wenn sie schon auf dem göttlichen Personal herumhacken müssen.

Polizeihauptmeister Abendrot *(schlägt mit der Hand auf den Tisch)* Blaue Engel, weiße Engel, was spielt das für eine Rolle! Apropos ADAC. Wo ist denn ihre TÜV-Plakette?

Nikolaus

Zulassung, TÜV-Plakette? Was meinen Sie denn damit?

Kommissar Martin

Nun kommen Sie uns nicht als Unwissender daher. Bei ihnen ist wohl alles vom Himmel gefallen? Es geht um technische Mängel an ihrem Fahrzeug, wenn man ihren Schlitten überhaupt so nennen kann.

Nikolaus

Tatsächlich sind wir alle Gesandte des Himmels. Aber wahr ist, dass der Schlitten nicht mehr so schnell fährt. Vielleicht hat ein Rentier etwas an seinen Hufen. Obwohl sie alle vor der Fahrt frisch beschlagen wurden. Rudolph kann es nicht sein. Seine Nase blinkt nach wie vor leuchtend rot.

Polizeihauptmeister Abendrot

Wie schnell fährt denn dieser Schlitten normalerweise?

Nikolaus

Na achtzig.

Kommissar Martin *(wieder lauter)*

Was, achtzig Stundenkilometer? Dann wären Sie ja Monate vom Nordpol aus unterwegs? Noch so eine Finte! Nun rücken Sie mal mit der Wahrheit heraus, sonst sitzen wir noch an Weihnachten hier.

Nikolaus

Da haben Sie recht. So viel Zeit habe ich nicht. Ich sollte das ganz schnell aufklären. Es sind Lichtjahre, achtzig Millionen, keine Kilometer. Wir rechnen nach der Sternenzeit. Die Ewigkeit ist weit!

Er faltet seine Hände vor seinem Bauch.

Polizeihauptmeister Abendrot *(zu seinem Kollegen gewandt)*

Star Trek lässt grüßen. Also gibt es diese Geschwindigkeit doch! Wir müssen sofort den Militärischen Abschirmdienst informieren. Die Russen haben die Worpgeschwindigkeit entdeckt!

Nikolaus *(belustigt)*
Ach, meinen Sie etwa diese dusseligen Zukunftsfilme der Enterprise. Vergessen Sie's! Ich habe aber einige Raumschiffe im Gepäck.

Kommissar Martin
Raumschiffe?

Zum Polizeihauptmeister gewandt
Ich glaube, wir haben es hier mit einem Simulanten zu tun, mit einem Möchtegern James Bond. Oder vielleicht einer aus der Sendung ‚Verstehen Sie Spaß'.

Zum Weihnachtsmann gewandt ironisch
Welchen Treibstoff verwenden Sie denn für die Raumschiffe?

Nikolaus
Licht und heiße Luft.

Polizeihauptmeister Abendrot zum Kommissar
Alles klar. Der ist nicht ganz dicht.

Er tupft mit dem Zeigefinger auf die Stirn.

Nikolaus
Wissen Sie, die Kinder wünschen sich heute kleine Raumschiffe, um im Weltraum herum zu fliegen. Es reicht nicht mehr, ihnen Lebkuchen und Mandelherzen zu schenken.

Kommissar Martin *(laut)*
Sie sind wohl der Weihnachtsmann?

Nikolaus
Endlich kommen sie drauf. Das hat aber lang gedauert. Na, was soll ihnen denn der Weihnachtsmann schenken?

Polizeihauptmeister Abendrot *(empört)*
Am besten ein Feuerwehrauto, damit ich meinen Ärger löschen kann.

Kommissar Martin *(sarkastisch)*
Aber nur eines mit Martinshorn.
Beide stehen auf und gehen an den Bühnenrand nach vorn.

Kommissar Martin
Also, der hat doch nicht alle Tassen im Schrank. Wir lassen ihn laufen. Dafür hab ich die Familie allein gelassen. Also mach's gut. Schönen Nikolausabend.

Polizeihauptmeister Abendrot
Immer diese Spinner. Als wenn heute noch jemand an den Weihnachtsmann glauben würde.

Beide gehen zum Nikolaus
Kommissar Martin
Sie können gehen.

Polizeihauptmeister Abendrot und der Nikolaus verlassen die Bühne.

Kommissar Martin *(ruft seine Frau an)*
Na, habt ihr schon angefangen. Ich bin jetzt gleich unterwegs. -
Was? Der Weihnachtsmann ist noch nicht gekommen?
Wie, es ist etwas Seltsames geschehen?
Die Kinder haben aus dem Fenster geschaut, um nach dem Nikolaus zu sehen. -
Ja und? -
Es schneite heftig und plötzlich stand auf dem Fenster: Bin von ungläubigen Polizisten aufgehalten worden. Rudolph strengt sich extra an, damit die Verspätung nicht zu groß wird. Und alles geschrieben aus Schneebuchstaben?
Noch etwas?
Wie bitte, ein Feuerwehrauto?
Im Garten?
Mit Martinshorn?

Wo ist der Nikolausschlitten?

Nikolaus musste bei seiner Reise zu Kindern eine Pause einlegen. Rentier Rudolf hatte sich die Hufe verstaucht. Am nächsten Morgen war der Schlitten verschwunden. Er ging zur Polizeistation.

4 Rollen
Rentier Rudolf
Nikolaus
Kommissar Martin
Polizist

Bühnenbild 1
2 Stühle als Schlitten hintereinander gestellt. Vorne sitzt Rentier Rudolf, dahinter der Nikolaus. Er hält ein Seil in der Hand, das um das Rentier gespannt ist.

Bühnenbild 2
Büro Polizeiwache, Tisch, 2 Stühle

Requisiten
2 Stühle, Tisch, Akten, Telefon

Kostüme
Rentier: braunen Felloverall
Nikolaus: Nikolauskostüm
Polizist: Polizeiausstattung
Kommissar: Anzug

Dauer
10 Miinuten

1. Szene Bühnenbild: Schlitten oder 2 Stühle.
Auf dem 1. Stuhl sitzt Rentier Rudolf, auf dem 2. Stuhl Nikolaus. Er hält ein Seil in der Hand, das um das Rentier gespannt ist.

Nikolaus *(Nikolaus zieht das Seil straff)*
So Rudolf, es kann losgehen. Zeig, was du kannst. Wir fliegen nach Sankt Wendel.

Im Hintergrund läuft das Lied ‚Rudolf, the red nosed rendeer". Rentier Rudolf beginnt zu galoppieren und hört kurz danach wieder auf.

Nikolaus
Was ist denn los, Rudolf? Wir kommen zu spät nach Sankt Wendel.

Rentier Rudolf
Heiliger Nikolaus, ich renne so schnell ich kann. Mein Fußgelenk will aber nicht mitmachen. Es geht nicht schneller.

Nikolaus
Was heißt, es geht nicht mehr schneller? Du hast doch extra für den Spurt trainiert.

Rentier Rudolf *(klagt)*
Ja, ja, nur ist mir ein Malheur beim Trainingsrennen passiert.

Nikolaus
Was ist denn passiert? Hast du nicht gewonnen?

Rentier Rudolf *(leidend)*
Ich, ich habe mir die Hufe verstaucht. Deshalb wollte ich auch eine Pause am Nordpol einlegen.

Nikolaus (rügend)

Warum hast du mir das denn nicht gesagt. Dann hätte Blixen einspringen können. Jetzt kommen wir zu spät.

Rentier Rudolf (kleinlaut)

Aber ich wollte selbst nach Sankt Wendel. Dort kennen mich die Kinder noch nicht. Die glauben nicht, dass es uns wirklich gibt.

Nikolaus

Du meinst, wenn Blixen eingesprungen wäre, hätten die Kinder weniger geglaubt oder wolltest du bloß, dass sie deine rote Nase blinken sehen?

Rentier Rudolf (stottert)

Wenn ich schon wegen meiner Nase aufgezogen werde, will ich auch die Freude in den Augen der Kinder erleben.

Nikolaus

Du warst also zu eitel, um mich rechtzeitig zu informieren. Deshalb werden die Kinder in Sankt Wendel nun auf die Bescherung warten müssen.

Rentier Rudolf (entschuldigend)

Es tut mir leid. Das war wohl nicht richtig. Aber mein Fußgelenk tut jetzt so weh, dass ich nicht mehr richtig laufen kann. Wir müssen notlanden. In Saarbrücken werden wir nicht auffallen. Die sind an den fliegenden Nikolaus gewöhnt.

Nikolaus

Du wirst dich jetzt ausruhen, Rudolf. Morgen führt Blixen den Schlitten an.

Beide gehen von der Bühne ab

2. Szene

Bühnenbild: Polizeiwache, Tisch, 2 Stühle, Telefon
Ein Beamter sitzt hinter dem Tisch. Nikolaus kommt auf die Bühne.

Nikolaus

Ich muss eine Vermisstenanzeige aufgeben. Mir wurde heute Nacht der Schlitten gestohlen.

Polizist

Was, ihnen wurde der Schlitten gestohlen? Wo haben sie ihn denn abgestellt?

Nikolaus

Am Staatstheater, direkt vor dem Eingang.

Polizist

Weshalb laufen sie schon am Morgen im Kostüm herum? Die Show beginnt erst wieder am Nachmittag.

Nikolaus

Das ist kein Kostüm. Ich bin der Weihnachtsmann. Ich hätte gern Kommissar Martin gesprochen.

Polizist

Ich schau nach, ob er schon da ist.

Polizist verlässt die Bühne. Kommissar Martin kommt herein und setzt sich hinter den Tisch.

Kommissar Martin

Sie wollten also einen Diebstahl melden?

Nikolaus

Ganz recht. Jetzt sind wir schon so lange unter-wegs, aber noch niemals ist mir der Schlitten gestohlen worden. Die Menschen haben den Respekt verloren.

Kommissar Martin
Wo kommen sie her? Sind sie aus Saarbrücken?

Nikolaus (verwundert)
Aber nein, ich komme von oben.

Kommissar Martin *(scherzt)*
Ja, ja, alles Gute kommt von oben. Wo soll das sein?

Nikolaus
Na von ganz oben. Sie kennen mich doch, ich bin der Nikolaus.

Kommissar Martin
Nun mal Spaß beiseite. Es gibt viele Leute, die im Nikolauskostüm herumren-
nen. Es ist Weihnachtszeit. Wer sind sie mit bürgerlichem Namen. Sie haben
doch einen Ausweis dabei?

Nikolaus
Wie hat ihnen das Feuerwehrauto gefallen, das ihnen vor zwei Jahren der
Nikolaus geschenkt hat?

Kommissar Martin *(stutzt)*
Sind sie etwa der Nikolaus, der vor zwei Jahren zum Verhör hier war?

Nikolaus
Sie erinnern sich jetzt? Gut! Also, ich brauche dringend den Schlitten zurück.
Da sind die Geschenke für die Kinder in Sankt Wendel drauf.

Kommissar Martin
Wo haben Sie denn den Schlitten geparkt?

Nikolaus
Direkt vor dem Eingang.

Kommissar Martin

Vor welchem Eingang?

Nikolaus

Na, vor dem Treppenaufgang des Staatstheaters. Ich wollte doch in der Frühe wieder losfliegen. Wissen Sie, Rudolf hat sich den Fuß verstaucht. Wir mussten eine Pause einlegen.

Kommissar Martin *(fühlt sich auf den Arm genommen)*
Rudolf? Meinen Sie etwa das Rentier mit der roten Nase?

Nikolaus

Ganz recht. Sehen Sie, Rudolf ist manchmal etwas unbedacht. Er hat mir nicht erzählt, dass sein Fuß verstaucht ist. Sonst hätte Blixen den Schlitten angeführt.

Kommissar Martin

Rudolf ist aber gestern über den Sankt Johanner Markt geflogen. Keiner hat bemerkt, dass er nicht fliegen konnte.

Nikolaus

Das ist nicht Rudolf. Rudolf fliegt immer mit mir. Also, können sie nun herausfinden, wo der Schlitten steht?

Nikolaus wird ungeduldig.

Kommissar Martin

Dann wollen wir mal bei der Straßenmeisterei anrufen. Vielleicht sind sie ja abgeschleppt worden. Vor dem Eingang des Staatstheaters ist ein Parkverbot. Dort darf niemand mehr parken. Der Platz ist für Fahrzeuge gesperrt.

Der Kommissar wählt eine Telefonnummer.

Kommissar Martin
Ist dort die Straßenmeisterei?
Wurde gestern ein Schlitten abgegeben?
Wie groß?
So groß wie eine Kutsche? – J
a, ja, das wird er sein. Vielen Dank Herr Kollege.

Kommissar Martin legt den Telefonhörer auf.

Der Schlitten wurde abgeschleppt. Deshalb konnten sie ihn nicht finden.

Nikolaus
Wo steht er denn jetzt, damit ich ihn abholen kann?

Kommissar Martin
In der KFZ-Verwahrstelle. Dort können sie ihn abholen.

Nikolaus
Gut, dann werde ich dort hinfliegen.

Nikolaus steht auf und will sich bedanken.

Kommissar Martin
Ja fliegen sie, fliegen sie schnell dorthin.

Nikolaus
Was soll es denn dieses Jahr sein? Wieder ein Feuerwehrauto?

Kommissar Martin
Am besten eine Leiter. Die fehlt noch.

Nikolaus *(steht auf)*
Herzlichen Dank für ihre Hilfe, vergelt's Gott.
geht von der Bühne ab

Kommissar Martin ruft seine Frau an.

Kommissar Martin
Hallo mein Schatz. Ich komme heute rechtzeitig zum Mittagessen. Ist daheim alles in Ordnung?
Wie, es ist etwas Merkwürdiges passiert. Im Garten steht eine Leiter? Sie ist mit einer roten Schleife geschmückt. Eine Karte hängt auch dran.
Eine Karte? Was steht denn drauf?
Schön, Sie wiedergesehen zu haben. Vielen Dank für ihre Unterstützung. Ich hoffe, die Leiter hilft ihnen weiter, ein frohes Fest. Ihr Nikolaus.
Glaubst du an den Weihnachtsmann, mein Schatz?
Was meinst du? Warum nicht. Was steht in der Bibel? Wenn ihr nicht werdet wie die Kinder, so werdet ihr nicht ins Himmelreich kommen.

Ehepaar Hollischek

Das Ehepaar Hollischek wohnt in Wien und spricht mit Wiener Schmäh.

Geschenke für den Nikolaus

2 Rollen
Elisabeth Hollischek,
Herr Hollischek

Bühnenbild
Küche, Tisch, 2 Stühle

Requisiten
2 Stühle, Tisch, Geschenkpäckchen

Kostüme
Herr Hollischek: Latzhose, kariertes Hemd
Frau Hollischek: Dirndl

Dauer
6-8 Minuten

Frau Hollischek hilft dem Nachbarn, der als Nikolaus im Kinderheim die Bescherung macht. Er hat aber noch keinen Krampus.

Samstag vor Nikolausabend. Elisabeth Hollischek packt Geschenke. Ihr Nachbar wird in diesem Jahr als Nikolaus die Kinder beschenken und sie hat sich bereit erklärt, ihn mit Geschenken zu unterstützen.

Herr Hollischek kommt herein.

Herr Hollischek (*sieht sich um, ist überrascht*)
Jo wos is denn dös? Für wen mochst denn die Geschenke?

Elisabeth Hollischek (*lächelt*)
I hölf dem Hansi. Der macht doch den Nikolo morgen Abend im Kinderheim.

Herr Hollischek (*sarkastisch*)
So, so. Der Hansi ist a Nikolo. Ka Wunder bei dem Temperament. Bei dem meinst ständig, er würd an Sack mit sich schleppen.

Elisabeth Hollischek (*schüttelt den Kopf*)
Der hats im Kreuz. Schlepp du mal den gonzen Tog die schwere Bauklötz. Dann würdest wissen, wos Arbeit is.

Herr Hollischek (*verärgert*)
Wos, meinst vielleicht, a Kutschen zu foarn wär kaone Arbeit?

Elisabeth Hollischek (*schmunzelt*)
So hob i das net gmeint.

Herr Hollischek (*neugierig*)
Wer kriagt denn die Geschenke?

Elisabeth Hollischek
Die artigen Kinder im Heim.

Herr Hollischek *(erstaunt)*
Und wos iss mit den Unartigen?

Elisabeth Hollischek
Der Hansi nimmt ka Krampus mit. Er will net, dass die Kinder Angst kriegen.
Deshalb bekommt jedes Kind ein Geschenk.

Herr Hollischek *(spöttisch)*
Es gibt also keine unartigen Kinder im Heim?

Elisabeth Hollischek
Es gibt in ganz Wien keinen Krampus mehr. Alle sind ausgebucht.

Herr Hollischek *(zweifelnd)*
Dös is aber net gut. Jeder Nikolo hat einen Krampus.

Elisabeth Hollischek *(neckend)*
Willst du vielleicht den Krampus mochen? A Ruten host jo schon für die
Pferde.

Herr Hollischek *(empört)*
Dös is aber net zum Schlogen. I schlog doch net meine Pferd.

Elisabeth Hollischek *(ironisch)*
Aber die Kinder willst vom Krampus schlagen lossen?

Herr Hollischek *(rechtfertigend)*
I würd doch niemals an Kind schlogen.

Elisabeth Hollischek *(neugierig)*
Jo, wenns sogst. Was würdest du mochen, wenn du der Krampus wärst?

Herr Hollischek *(nachdenklich)*
Ermahnen kann er scho, aber sonst nix. Und außerdem muss jedes Kind a
Geschenk kriagn.

Elisabeth Hollischek *(schmeichelnd)*
Hob i doch gewusst, dass a Herz host. An Fiaker weiß immer, wos zu tun is.

Herr Hollischek *(fühlt sich geschmeichelt)*
Jedenfalls muss an Fiaker immer höflich und nett san, sonst gibt's ka Trinkgöld. Und Kinder schlogen is nur was für die gemeine Leit.

Elisabeth Hollischek *(schmunzelnd)*
Jo dann konnst du doch den Krampus mochen. Schließlich gibt's nix, wos an
Fiaker net kann. Der gehört zu den gehobne Leit.

Herr Hollischek *(fühlt sich geehrt)*
Wennst meinst. I konn dem Hansi hölfen.

Elisabeth Hollischek *(spitzbübisch)*
Jo, do wird sich der Hansi freien. Dann brauch der nämlich den Sack net
sölbst zu schleppen und du lernst, wos so a Schlepperei für a Arbeit is.

Der Weihnachtsbaum

Frau Hollischek möchte gerne den Weihnachtsbaum schmücken und bittet ihren Gatten um Hilfe.

2 Rollen
Ehemann
Ehefrau

Bühnenbild
Küche, Tisch, 2 Stühle, Zeitung, Block, Stift

Requisiten
2 Stühle, Tisch, Zeitung, Block, Stift

Kostüme
Ehemann: Hausanzug
Ehefrau: Tageskleidung

Dauer
4 – 6 Minuten

Herr Hollischek hat gerade gefrühstückt, sitzt am Küchentisch und liest in der Kronenzeitung. Elisabeth Hollischek sortiert die Weihnachtsglocken.

Elisabeth Hollischek
Franzl...

Herr Hollischek *(fühlt sich gestört)*
Ja...

Elisabeth Hollischek
Hast du schon den Weihnachtsbaum gekauft?

Herr Hollischek
Ja, - und?

Elisabeth Hollischek
Wir müssten ihn noch schmücken.

Herr Hollischek *(liest stoisch weiter in der Zeitung)*
Das müssten wir.

Elisabeth Hollischek
Wo steht er denn?

Herr Hollischek
In der Garage.

Elisabeth Hollischek *(räumt die Schachteln beiseite)*
Wir könnten ihn ins Wohnzimmer bringen.

Herr Hollischek (uninteressiert)
Ja, das könnten wir.

Elisabeth Hollischek (etwas genervt)
Also, wann bringst ihn ins Wohnzimmer?

Herr Hollischek
Ich weiß nicht.

Elisabeth Hollischek *(mahnend)*
Franzl!

Herr Hollischek
Wos ist?

Elisabeth Hollischek
Wenn du ihn ins Wohnzimmer stellen würdest, könnte ich anfangen, ihn zu
schmücken.

Herr Hollischek *(sieht aus der Zeitung auf)*
Ja, das könntest du.

Elisabeth Hollischek *(ärgerlich)*
Franzl!

Herr Hollischek *(genervt)*
Jo, wos ist denn so wichtig?

Elisabeth Hollischek
Dann steh auf und geh ihn holen.

Herr Hollischek
Wozu?

Elisabeth Hollischek *(schüttelt den Kopf)*
Damit ich ihn schmücken kann.

Herr Hollischek *(gelangweilt,* sieht weiter auf das Journal*)*
Mir ist egal, ob der Baum geschmückt ist.

Elisabeth Hollischek (*versteht nicht*)
Aber feierlich soll es schon an Heiligabend sein?

Herr Hollischek
Feierlich?

Elisabeth Hollischek
Festlich eben.

Herr Hollischek
Ja, kann scho sei.

Elisabeth Hollischek (*ratlos*)
Und warum bringst du mir dann nicht den Weihnachtsbaum?

Herr Hollischek
Ich lese gerade in der Zeitung.

Elisabeth Hollischek (aufgebracht)
Die könntest du doch auch nachher lesen.

Herr Hollischek (*schüttelt den Kopf*)
Nein, nein, jetzt ist es gerade unterhaltsam.

Elisabeth Hollischek (*verliert langsam sie die Geduld*)
Franzl!

Herr Hollischek (*genervt*)
Herrgott, wos hast denn heute bloß?

Elisabeth Hollischek (im Befehlston)
Geh mir jetzt bitte den Baum aus der Garage holen.

Herr Hollischek (*schüttelt wieder den Kopf*)
Ich kann jetzt nicht unterbrechen, der Artikel ist so interessant.

Elisabeth Hollischek
Den Baum zu schmücken, ist auch interessant.

Herr Hollischek *(lamentiert)*
Aber es ist jedes Jahr dasselbe.

Elisabeth Hollischek
Ist es eben nicht. Ich habe neue Glocken gekauft!

Herr Hollischek (*sieht sie prüfend an*)
Dafür haben wir Geld?

Elisabeth Hollischek *(rechtfertigend)*
Dafür haben wir immer Geld gehabt.

Herr Hollischek (bissig)
Hast du deshalb am Sonntagsbraten gespart?

Elisabeth Hollischek
Wieso habe ich am Sonntagsbraten gespart?

Herr Hollischek (gekränkt)
Es war bloß eine halbe Portion.

Elisabeth Hollischek *(rechtfertigend)*
Die Portion war deshalb kleiner, weil es noch Spargel gab.

Herr Hollischek *(grantelt)*
Die Spargelzeit ist doch längst vorbei.

Elisabeth Hollischek
Deshalb war er auch so teuer.

Elisabeth Hollischek *(erbost)*
Franzl!

Herr Hollischek *(genervt)*
Jo Kruzifix.

Elisabeth Hollischek *(sehr verärgert)*
Jetzt hol mir endlich den Weihnachtsbaum aus der Garage!

Herr Hollischek *(grantelt)*
Es ist mir egal, wann du den Baum schmückst!

Elisabeth Hollischek *(erbost)*
Weihnachten ist aber am Samstag.

Herr Hollischek *(ironisch)*
Wer im Dezember Spargel kauft, kann den Baum auch an Ostern schmücken.

Elisabeth Hollischek *(sehr verärgert, laut)*
Und wer an Heiligabend keinen Weihnachtsbaum hat, kann sich die Weihnachtsgans auch sparen!

Herr Hollischek
Wos meinst denn damit?

Elisabeth Hollischek *(bissig)*
An Fiaker, der seiner Frau an Weihnachten net hölft, is nur a Kutscher. Die haben auch keine Manieren.

Herr Hollischek (beschwichtigend)
I hob Manieren. Dös weißt ganz genau. Jetzt bin i fertig und geh den Baum holen.
Er steht auf.

Elisabeth Hollischek *(ironisch)*
So, so. I hob scho gedacht, du brauchst an Hörgerät. Aber das kann ja net sein. An Fiaker hört immer was er soll. Sonst würdest jo ka Trinkgöld net kriagn.

Herr Hollischek (er winkt ab)
Is jo scho gut. An Weihnachten gibts aber a große Weihnachtsgans.

Elisabeth Hollischek (schmeichelnd)
Scho recht. Am besten, du suchst dir die Gans sölber aus.

Herr Hollischek (fühlt sich geschmeichelt)
Dös mach i gern.

Elisabeth Hollischek (schmeichelnd)
Hob i doch gwusst, dass an Fiaker a bsonderer Mensch is. Dann spar ich a
bisserl vom Haushaltgöld.

Frau Hollischek nimmt ihn in den Arm und küsst ihn.

Herr Hollischek
Wie? I soll für die Gans zahlen?

Elisabeth Hollischek
Dös machst doch gern, host gsogt. Oder bist doch a Kutscher?

Herr Hollischek
I bin ka Unmensch. Für dich ist mir nix zu schad. Dös Göld konnst behalten.

Elisabeth Hollischek
Dankeschön Franzl, dass deinem Namensvetter alle Ehre mochst. Dafür back
i dir auch das leckerste Kaisergebäck von ganz Wean.

Schöne Bescherung

Frau Hollischek möchte vor Weihnachten noch ein paar Dinge in Ordnung bringen. Der Ehemann nörgelt nur. Sie fährt in die Innenstadt und organisiert sich eine Hilfe. Am nächsten Tag wundert sich der Ehegatte, dass alles wieder in Ordnung ist.

2 Rollen
Elisabeth Hollischek,
Herr Hollischek

2 Szenen
Bühnenbild
Küche, Tisch, 2 Stühle

Requisiten
2 Stühle, Tisch, Zeitung, Tannenbaum, elektrische Kerzen

Kostüme
Herr Hollischek: Latzhose, kariertes Hemd
Frau Hollischek: Dirndl

Dauer
6-8 Minuten

Samstag vor Heiligabend. Elisabeth Hollischek schmückt den Tannenbaum und räumt die überzähligen Glocken in die Schachteln zurück.

Elisabeth Hollischek *(knipst die elektrischen Kerzen an und sagt zu ihrem Mann, der neben dem Tannenbaum am Tisch sitzt und in der Zeitung liest)*
Na bravo, es brennt. Do follt mir grod ein. Liebling, mogst ma des Licht in der Diele vor Heiligabend austauschen? Es flimmert jetzt schon wochenlong, als wenn'd im Prater im Lusthaus sitzen tätst.

Herr Hollischek *(schaut sie an und sagt verständnislos)*
Mochst wohl Scherze? Unser Haus a Lusthaus? Des wüsst i ober. Dös Lichtertl is scho long aus. Ausgerechnet heut noch soll i das Birnchen austauschen? Des is doch das anzige, wos hier noch flimmert. Jo glaubst vielleicht, i bin dein Elektriker? Dös konnst gonz schnell vergessen.

Elisabeth Hollischek *(leicht pickiert)*
Jo, wennsd meinst. Dann soll's holt weiter flimmern, wenns bei dir nimmer brennt. Vielleicht schaut's jo von draußen wie a Lichterkett aus.

Sie geht an den Kühlschrank um das Abendessen vorzubereiten. Die Tür lässt sich nicht mehr fest verschließen.

Elisabeth Hollischek
Vaflixt, des hob i gonz vergessen. Die Tür schließt nimmer. Bittschön, mogst vielleicht die Kühlschranktür nachschauen. Sie geht nimmer gonz zu. Olls kühlt in der Küch aus. Man könnt meinen, wir würden in am Leichenhaus wohnen, so kolt wie dös is.

(Der Ehemann blickt etwas genervt aus der Zeitung auf)
Herr Hollischek
Wos, wos host du grod gsogt? Unser Küch wär so kolt wie a Leichenhaus? Moanst du vielleicht den Weaner Friedhof. Do schpühn's wenigstens noch a Wolzer om Grob von Johann Strauß. I soll dir jetzt die Kühlschranktür in Ord-nung bringen gonz ohne a Musi? Jo glaubst du, i bin a Handwerker? Dös konnst gonz schnell vergessen.

Elisabeth Hollischek *(wird langsam ärgerlich)*

So, des mochst ma a net mochen! Jo vielleicht is das zu schwierig für a Fiaker. Der braucht a nur die Peitschen schwingen statt selber laufen. Es gäb noch wos zum Tun. Vielleicht konnst ma dobei hölfen. Guck dir unsere Holztreppe im Stiegenhaus o. Stell dir vor, des wär Schloss Schönbrunn und unsere Kaiserin Sissi tät Hof holten om Stephanstog, da würden's jo oll Leit drum herum stolpern anstatt Wolzer tonzen.

Herr Hollischek *(sichtlich genervt und poltert)*

Ha, an Schloss! Und donn a noch Schloss Schönbrunn! Du wollst doch schon immer hoch hinaus. Weißt wos, bei dir tät's noch net amal für a Hofdame reichen. Und jetzt meinst, i soll vor Weihnachten noch den Hammer schwingen und oll's, wos di im gonzen Johr net gstört hot, in Ordnung bringen? Jo krutzifix, bin i a Schlosser, Elektriker, Zimmermonn oder an Fiaker? Mir reicht's jetzt. I geh zum Heurigen am Grinzinger Weinsteig. Do gnehmig i mir a poa Viertel auf den Schreck. Vielleicht find's jo an Dummen, der des olls noch vor Weihnachten mocht. I jedenfolls net.

Geht von der Bühne ab..

2. Szene
Am nächsten Morgen sitzt Elisabeth Hollischek summend am Kaffeetisch in der Küche und liest in der Zeitung. Der noch betrunkene Ehemann kommt herein und hat ein schlechtes Gewissen.

Herr Hollischek
Mein olles Sissilein, Liebling, wer hot des denn olls gmacht? Das Lusthaus beleuchtet, Wolzer von Strauß aufgelegt und den Aufgang zum Schloss grett?

Elisabeth Hollischek
Jo, wos hätt i denn mochen soll'n, wann's du nur granteln kannst und ins Wirtshaus läufst? I hob den Nerzmantel von der Tante Ida übergworfen und bin an Fiakerplatz am Stephansdom glaufa. Deine Kollegen hobn mi gonz verdutzt ogschaut. Do hob i laut gschrien: Hülfe, Hülfe! Die Donaumonarchie geht unter.

Herr Hollischek *(fällt erschrocken in den Stuhl)*
Jo bist du denn noch gscheit! Wos host gmocht? Bei di Kollegen bist glaufa und hast um Hülfe geschrien?

Elisabeth Hollischek
Gnau, des hob i gmacht. Und weißt, do kummt a ungarischer Rittmeister, a gonz junger, weißt. Der hot mi ogschaut und gfrogt, wieso denn die Donaumonarchie untergehn würd und wos i für a Hülfe braucht. I hob erzählt, wos olls schief läuft bei uns, weil du net imstand bist, mir zu hölfen. Mein Gspusi würd lieber beim Heurigen sitzen und a Wein trinken. Wos meinst, hot der do gsogt?

Herr Hollischek
Wos, wos soll der scho gsogt hobn, wie der di gsehn hot in dem oiden Nerzmantel? Woascheinlich, dass du die Kurvn kratzen sollst! Und außerdem, wos geht des überhaupt d'Leut an, wann i beim Heurigen sitz. Des is jo nedlich, so wos!

Elisabeth Hollischek

Jo, wenn's meinst. Jedenfalls hot mir der Rittmeister angeboten zu hölfen. Aus oita Verbundenheit zu meiner Namensvetterin der ungarischen Königin Sissi!

Herr Hollischek

Jo so a Strizzi! Noch so a deppata Sissianhänger. Am besten mochst a Club der enterbten Monarchisten auf. Hot der vielleicht a noch a Uniform oghobt, der Gspinnerte?

Elisabeth Hollischek

Na, des net grod. Aber fesch woar a scho. Jedenfalls wollt er mir hölfen.

Herr Hollischek

So, hölfen wollte a. Wos hot a denn gsogt, wos des kosten soll?

Elisabeth Hollischek

Er hot gsogt, er tät olls wieder in Ordnung bringen. Des Anzige, wos i mochn müsst, wär entweder mit ihm das Lusthaus wieder zu beleben oder ihm a fürstliche Sachertorten zu Weihnachten zu backen.

Herr Hollischek

So, so, es sind auch schon Kaiser gstorbn. Is noch a Stickerl von der Torten übrig?

Elisabeth Hollischek

Jo glaubst vielleicht, i bin die königliche Hofbäckerei?

Im Himmel

Jonathan und Silberstern

Wie in jedem Jahr beschloss der Erzengelrat, dass ein Engel auf die Erde fliegen sollte, um das ewige Licht zu entzünden. Denn ohne das ewige Licht aus dem Himmel können die Menschen kein richtiges Weihnachten feiern. Damit die Erdenbewohner nicht mitbekommen, dass nicht sie das Licht anzünden, sondern ein Engel, müssen die Engel unsichtbar bleiben. Die Aufgabe ist besonders anspruchsvoll. Engel Gotlind sollte in diesem Jahr das Licht in die Welt bringen. Er wurde jedoch krank und konnte nicht fliegen. Engel Jonathan wurde deshalb mit der Aufgabe betraut. Alles schien normal verlaufen zu sein. Bis auf die Tatsache, dass Engel Jonathan mit gebrochenen Flügeln zurückkam. Um sich die Erlaubnis zu holen, aus der Werkstatt sich neue Schwingen zu holen, klopft er bei Erzengel Michael an. Dieser ist für die Engelgerichtsbarkeit zuständig.

3 Rollen
Sprecher
Erzengel Michael
Engel Jonathan

Bühnenbild
Büro des Gerichtsengels, Tisch, 2 Stühle, Telefon

Requisiten
2 Stühle, Tisch,

Kostüme
Erzengel Michael: weiße Robe
Engel Jonathan: weißes Hemd, Flügel, davon einer verbogen

Dauer
6-8 Minuten

Erzähler

Wie in jedem Jahr beschloss der Erzengelrat, dass ein Engel auf die Erde fliegen sollte, um das ewige Licht zu entzünden. Denn ohne das ewige Licht aus dem Himmel können die Menschen kein richtiges Weihnachten feiern. Damit die Erdenbewohner nicht mitbekommen, dass nicht sie das Licht anzünden, sondern ein Engel, müssen die Engel unsichtbar bleiben. Die Aufgabe ist besonders anspruchsvoll. Engel Gotlind sollte in diesem Jahr das Licht in die Welt bringen. Er wurde jedoch krank und konnte nicht fliegen. Engel Jonathan wurde deshalb mit der Aufgabe betraut. Alles schien normal verlaufen zu sein. Bis auf die Tatsache, dass Engel Jonathan mit gebrochenen Flügeln zurückkam. Um sich die Erlaubnis zu holen, aus der Werkstatt sich neue Schwingen zu holen, klopft er bei Erzengel Michael an. Dieser ist für die Engelgerichtsbarkeit zuständig.

Erzengel Michael hält seine Gerichtsstunden ab und sitzt hinter seinem Schreibtisch. Es klopft.

Erzengel Michael
Herein bitte, wenn es kein Satan ist.
Engel Jonathan kommt auf die Bühne

Engel Jonathan
Halleluja Erzengel Michael. Gott zum Gruße.

Erzengel Michael
Halleluja Jonathan. Gott zum Gruße. Was gibt es denn? Wo drückt der Schuh?

Engel Jonathan
Es sind nicht die Füße. Es sind meine Flügel.

Erzengel Michael
Aber die sind noch dran.

Engel Jonathan
Schon. Sie tragen mich aber nicht mehr, weil sie gebrochen sind. Die Schwingen bekomme keinen Wind mehr.

Erzengel Michael *(stutzt)*
Keinen Wind? Bist du gegen die Klagemauer geflogen?

Engel Jonathan
Nein, Erzengel Michael.

Erzengel Michael *(ermuntert ihn)*
Dann erzähl mal, was los ist.

Engel Jonathan
Sie wissen doch, dass ich den Auftrag hatte, nach Bethlehem zu fliegen, um das ewige Licht zu entzünden, damit die Menschen es in alle Länder tragen können.

Erzengel Michael
Ich erinnere mich. Engel Gotlind war krank geworden, deshalb habe ich dich eingeteilt.

Engel Jonathan
Genau, ich bin eingesprungen. Weil so weit zu fliegen ist, habe ich Engel Silberstern gebeten, mich zu begleiten.

Erzengel Michael *(erstaunt)*
Wie das? Hattest du Probleme mit der Strecke? Normalerweise fliegst du doch um die ganze Welt.

Engel Jonathan
Schon. Aber nach Israel habe ich mich nicht alleine getraut. Dort ist doch Krieg.

Erzengel Michael

Was hat der Krieg mit dem Fliegen zu tun? Seit jeher bekriegen sich die Menschen dort.

Engel Jonathan

Ich wollte auf Nummer sicher gehen, damit das Licht auch wirklich brennt.

Erzengel Michael

Hm, so, so. Dagegen ist ja nichts einzuwenden. Aber was ist passiert?

Engel Jonathan

Engel Silberstern und ich flogen wie vorgesehen auf die Erde. Von oben sah man die Rauchfahnen von den Raketeneinschlägen und wir flogen an ihnen vorbei. Über Bethlehem schwebten wir dann leise und unsichtbar. Jedenfalls konnte man uns zunächst nicht erkennen.

Erzengel Michael *(belehrt)*

Engel sollen immer unsichtbar bleiben. Das ist ein göttlicher Grundsatz. Nur mit einer Sondererlaubnis dürfen sie sich enthüllen.

Engel Jonathan

Oder wenn ein akuter Notfall eintritt. Und das war so einer.

Erzengel Michael *(ungeduldig)*

Jonathan, jetzt erzähl doch ohne Unterbrechung. Du bist nicht der einzige Engel, der um eine Audienz gebeten hat.

Engel Jonathan

Hm. Also wir flogen an den Altar, um das ewige Licht anzuzünden. Damit die Menschen nicht mitkriegen, dass nicht sie, sondern wir Engel das Licht weitergeben, haben wir gewartet, bis der Priester an den Altar ging.

Erzengel Michael

So ist der Auftrag.

Engel Jonathan

Ja, aber der Priester kam nicht. Die gläubigen Christen saßen in den Bänken und wurden unruhig. Der Läufer, der das Licht weiterträgt, stand die ganze Zeit bereit. Niemand wusste, was mit dem Priester geschehen war.

Erzengel Michael

Das Bodenpersonal ist nicht verlässlich. Wie sagte der Sohn Gottes: Und ich sage dir, noch ehe der Hahn kräht wirst du mich dreimal verleugnen.

Engel Jonathan

Eben. Aber das Licht musste doch angezündet werden, damit die Menschen Weihnachten feiern können. Da haben wir uns kurz enthüllt und das Licht angezündet. Die Gläubigen betrachteten es als ein Weihnachtswunder.

Erzengel Michael

Das war also eine Notsituation. Gegen ein Weihnachtswunder hat Gottvater nichts einzuwenden.

Engel Jonathan

Das Wunder verbreitete sich wie ein Lauffeuer. Die Handys klingelten alle. Wenn man es nicht besser wusste, hätte man glauben können, dass die Glocken läuteten. Wir verließen den Kirchenraum und gingen nach draußen.

Erzengel Michael

Nun, da ihr im Sinne von Gottvater gehandelt habt, sei euch verziehen, dass ihr das erste Engelgebot gebrochen habt. Was hat das aber mit deinen Flügeln zu tun?

Engel Jonathan

Engel Silberstern leuchtete sofort und die Menschen vor der Tür staunten, andere bekamen Angst. Ich kam Silberstern hinterher, hatte aber vergessen, mich einzuhüllen. Alle konnten mich sehen. Die Ungläubigen glaubten an einen Schabernack.

Erzengel Michael (mitfühlend)

Jonathan, das war wirklich unglücklich. Was ist dann geschehen?

Engel Jonathan

Die Ungläubigen rissen an meinen Schwingen und zerbrachen einige Federn. Silberstern kam mir zu Hilfe. Er nahm mich auf und flog sofort los. Silberstern leuchtete aber am Himmel. Die Soldaten dachten wohl, dass wir eine Rakete seien und wollten uns abschießen. Dabei sind meine beiden Flügel endgültig zerbrochen. Silberstern hatte alle Mühe, uns beide zurück in den Himmel zu fliegen.

Engel Jonathan ist unglücklich und seufzt immerzu.

Erzengel Michael

Das ist sehr traurig. Da wolltet ihr den Menschen das Weihnachtsfest retten und sie beschießen euch. Wo ist Engel Silberstern jetzt?

Engel Jonathan

Er ruht sich aus und pflegt seine Flügel. Er hat sich so angestrengt, dass er eine Belohnung verdient hat, findest du nicht? Ich brauche bloß einen Genehmigungsschein, um mir neue Schwingen abzuholen.

Erzengel Michael

Selbstverständlich bekommst du neue Flügel. Engel Silberstern bekommt das silberne Engelband für seinen Mut. Die Menschen zu bestrafen hat leider keinen Sinn. Sie verstehen nach so viel tausend Jahren immer noch nicht, dass Gewalt keine Lösung ist. Wir wollen einen Gedenkgottesdienst abhalten und ihnen unsere guten Gedanken senden. Ich bin sicher, Gottvater wird auch so entscheiden. Denn er sagt, ihr sollt eure Feinde lieben. Nun Jonathan, geh in die Werkstatt. Und ich bitte dich, den Glauben an die Menschen nicht zu verlieren. Denn was würde geschehen, wenn selbst der Himmel keine Gnade mehr walten ließe?

Engel Jonathan

Glaube, Liebe und die Hoffnung gingen für immer verloren und die Sehnsucht nach Frieden.

Pechvögel

Egon ist kurz vor Weihnachten an einem Herzanfall gestorben. Im Himmel
angekommen trifft er auf Otmar. Sie erzählen sich ihre Leidensgeschichte.

2 Rollen
Egon
Otmar

Bühnenbild
Wartebank im Himmel

Requisiten
Wartebank

Kostüme
Egon: weißes langes Hemd
Otmar: schwarzes langes Hemd

Dauer
4-6 Minuten

Hintergrundmusik:
„Vom Himmel hoch da komm ich her" T +M: Martin Luther

„Vom Himmel hoch da komm ich her" von Martin Luther läuft als Hintergrund-musik. Egon ist an einem Herzanfall gestorben. Im Himmel angekommen trifft er auf Otmar. Otmar sitzt im schwarzen Hemd an einem Tisch und liest in der Bibel. Egon kommt hereingestürzt, mit einem weißen Hemd bekleidet. Die Musik ver-stummt.

Egon *(erstaunt)*
Nanu, Wo bin ich hier?

Otmar *(überrascht)*
Ach, ein neuer. Du bist der erste für heute. Kommst du auch noch in die Hölle?

Egon
Der erste für heute? Wie meinen Sie das?

Otmar *(ironisch)*
Der erste, der heute im Himmel ankommt und dort bleiben kann. Wissen Sie, ich muss noch ein paar Wochen in der Hölle schmoren. Weil es dort vor Weihnachten so voll ist, sitze ich hier auf der Wartebank.

Egon
Ja, ich komme direkt von der Erde.

Otmar *(neugierig)*
Du bist aber noch jung. Was hast du denn gehabt?

Egon
Plötzlicher Herztod.

Otmar *(bedauernd*
Ach herrjeh, und das so kurz vor Weihnachten. Das tut mir aber leid. Übri-gens ich bin der Otmar aus Burbach und wie heißt du?

Egon
Na Egon, auch aus Burbach.

Otmar (*brüderlich*)
So ein Zufall. Dann auf eine himmlische Zeit, Egon. Wir Burbacher müssen doch zusammenhalten.

Geben sich die Hand.

Du warst sicher sehr tugendhaft, dass dich die Erzengel direkt in den Himmel geschickt haben.

Egon
Na ja, ich habe mich bemüht, die zehn Gebote einzuhalten.

Otmar
Ich auch, nur manchmal ist es mir etwas schwergefallen. Da bin ich halt zum kleinen Sünderlein geworden.

Egon (*tröstend*)
Hauptsache, du kommst aus der Hölle wieder zurück und es dauert nicht so lang. Alt bist du aber auch nicht gerade geworden. An was bist du denn gestorben?

Otmar
Ich bin erfroren.

Egon (*staunend*)
Wie erfroren? Bist du ein Pechvogel oder warst du vielleicht in der Saar tauchen und bist verunglückt?

Otmar
Untergetaucht ist das richtigere Wort, ich musste untertauchen. Aber sag mal Egon, wieso hast du in deinem Alter einen Herzinfarkt bekommen? Warst du krank?

Egon

Wie gesagt, ich halte mich an die zehn Gebote. Ich stehle nicht, ich lüge nicht und fremd geh ich auch nicht. Deshalb war das heute Morgen für mich eine schreckliche Situation.

Otmar *(interessiert)*

Ja was um Himmels willen ist denn passiert?

Egon

Ich hab meine Frau wirklich verwöhnt, wirklich. Alles hat sie von mir bekommen, was sie sich wünschte. Für Weihnachten hab ich ihr sogar eine Kreuzfahrt schenken wollen. Aber daraus wird ja jetzt nichts mehr. *Egon schüttelt den Kopf.*

Otmar *(bedauernd)*

Ja du lieber Gott, was ist denn bloß geschehen?

Egon

Ich hab gemerkt, dass irgendetwas nicht stimmte. Manchmal, wenn ich nach Hause kam, war das Bett durchwühlt. Vorher war meine Frau so pingelig, dass mein hätte auf dem Fußboden essen können. Ich hab heute morgen mit meinem Vorarbeiter darüber gesprochen und da meinte der, dass meine Frau in meiner Abwesenheit sich vielleicht mit einem anderen vergnügen würde und deshalb das Schlafzimmer nicht aufgeräumt wäre.

Otmar

Du heiliger Bimbam. Das ist aber wirklich ein Schreck. Was hast du denn da gemacht?

Egon

Da hab ich mir sofort frei genommen und bin mit der Saarbahn nach Hause gerast.

Otmar

Ernsthaft, mit der Saarbahn, gerast?

Egon

Mit der Saarbahn! Zu Fuß hätte es länger gedauert bei dem Schneefall.

Otmar

Also ich hätte mir ein Taxi genommen in so einem Fall.

Egon

Ein Taxi wäre nicht umweltfreundlich gewesen. Weißt du, meine Tochter ist eine Klimaaktivistin geworden. Da kann ich mir so eine Energieverschwendung nicht leisten.

Otmar

Wo wohnst du denn?

Egon

Unser Haus steht in der Kirchenstraße. Also, ich komm nach Hause, den Rest des Weges bin ich übrigens tatsächlich gerannt und mehrmals hingefallen. Und dann fange an zu suchen. Überall. Wohnzimmer, Küche, Bad und dann im Schlafzimmer. Da lagen doch tatsächlich noch die Kleider dieses Liebhabers herum und meine Frau im roten Négligé mit Federboa. Meine Frau! Sonst hat sie immer Flanellnachthemden an, weil ihr angeblich zu kalt ist. Mir ist so schlecht geworden, mein Herz hat angefangen wie verrückt zu schlagen, mir wurde schwarz vor Augen und ich bin umgefallen. Herzinfarkt, tot.

Otmar

Ach herrjeh, Kirchenstraße? Dann sind wir wohl beide Pechvögel. Weißt du, hättet du im Keller nachgesehen, könnten wir beide noch leben.

Egon

Wieso das denn? Was hast du denn damit zu tun?

Otmar

Was glaubst du wohl, weshalb ich noch in der Hölle schmoren muss? Ich bin in deiner Tiefkühltruhe erfroren.

Kundengespräche

Spitzbuben

Am Samstag vor dem dritten Advent betritt ein Kunde eine Pfälzer Bäckerei. Er möchte gerne die Marmeladenplätzchen „Spitzbuben" kaufen. Die Verkäuferin versteht den Kunden falsch, da dieses Gebäck ihr nur als Linzer Augen oder Ochsenaugen bekannt ist.

Rollen:
Verkäuferin
Kunde

Bühnenbild:
Theke einer Bäckerei

Requisiten:
Tisch, Gebäckauslagen, Kartons für Thekenaufbau

Kostüme:
Verkäuferin: Kleid, weiße Schürze, Häubchen
Kunde: Alltagskleidung

Dauer:
6-8 Minuten

Verkäuferin steht hinter der Theke. Ein Kunde kommt herein.

Kunde *(höflich)*
Einen schönen guten Tag. Ja was haben wir denn da?

Verkäuferin *(freundlich)*
Guten Tag. Was möchten Sie denn?

Kunde *(freundlich)*
Ich suche Spitzbuben.

Verkäuferin *(bedauert)*
Spitzbuben? Hier gibt es keine Spitzbuben. Wir sind eine seriöse Bäckerei.

Kunde *(staunt)*
Was hat das denn mit seriös zu tun? Spitzbuben haben eine lange Tradition.

Verkäuferin
Aber nicht bei uns. Wenn Sie in der Pfalz Spitzbuben suchen, wenden Sie sich an die Polizei.

Kunde *(irritiert)*
Was hat denn die Polizei damit zu tun?

Verkäuferin *(schnippisch)*
Schlitzohrigkeit ist bei uns nicht erwünscht.

Kunde *(verunsichert)*
Schlitzohrigkeit? Aber Spitzbuben haben ganz süße Gesichter.

Verkäuferin
Das kann schon sein. Nur dass die einen sauer machen, wenn sie auftauchen.

Kunde *(ratlos)*
Aber Großherzogin Hilda von Nassau hat sie geliebt.

Verkäuferin *(abwertend)*
Da sieht man es mal wieder, mit was der Adel sich eingelassen hat. Nichts
als Gaunereien im Kopf.

Kunde *(kontert)*
Aber die Großherzogin von Baden war doch beim Volk sehr beliebt.

Verkäuferin *(abwertend)*
Weil die Leute nicht wissen, mit was die sich so abgegeben hat. Ein Bazi
bleibt ein Bazi.

Kunde *(erklärend)*
Aber das Hildabrötchen ist doch überall bekannt gewesen.

Verkäuferin *(skeptisch)*
Brötchen? So nennt man jetzt solche Frauen. Kein Wunder, dass die Brot-
preise so gestiegen sind.

Kunde *(irritiert)*
Was haben denn die Spitzbuben mit dem Brotpreis zu tun, um Himmelswillen?

Verkäuferin *(abwertend)*
Der Energieverbrauch. Solche Frauen werden einfach nicht satt.

Kunde *(kontert)*
Also bitte, die Großherzogin war sehr geschätzt, auch wenn die Ehe kinder-
los blieb.

Verkäuferin *(verständnislos)*
Verheiratet war die auch noch? Was waren das denn für Zustände? Kein
Wunder, dass sie die Spitzbuben heute noch suchen.

Kunde *(verärgert)*

Seit wann ist es ein Verbrechen, diese süßen Marmeladenplätzchen zu lieben? Im Übrigen, da liegen doch Marmeladenplätzchen. Sind das nicht Linzer Augen?

Verkäuferin *(erklörend)*

Bei uns gibt es nur Pfauenaugen oder hier die einäugigen Ochsenaugen.

Kunde *(resümiert)*

Kein Wunder, dass sie die Spitzbuben in der Pfalz nicht kennen.

Verkäuferin *(irritiert)*

Wie, nicht kennen?

Kunde *(bestimmend)*

Mit einem Auge kann man den Rest der Weihnachtsplätzchen auch nicht sehen. Hier, das wird Ihnen helfen.

Verkäuferin *(versteht nicht)*

Warum soll ich denn jetzt Pfeffer auf die Ochsenaugen streuen.

Kunde *(spitzbübisch)*

Damit sie schärfer sehen können.

Beziehungen

Die Einladung

Ein Ehepaar plant den Heiligen Abend.

2 Rollen
Ehemann
Ehefrau

Bühnenbild
Küche, Tisch, 2 Stühle, Zeitung, Block, Stift

Requisiten
2 Stühle, Tisch, Zeitung, Block, Stift

Kostüme
Ehemann: Hausanzug
Ehefrau: Tageskleidung

Dauer
4 – 6 Minuten

Im Wohnzimmer sitzt der Ehemann am Tisch und liest in einem Buch. Auf dem Tisch liegt Weihnachtsdekoration. Die Gattin hat einen Schreibblock vor sich liegen und einen Stift in der Hand.

Sie
Rudolf…

Er
Ja…

Sie
Weißt du, dass bald Weihnachten ist?

Er
Ja, - und?

Sie
Wir müssten das Fest vorbereiten.

Er
Das müssten wir.

Sie
Wen sollen wir einladen?

Er
Wie immer…

Sie
Was heißt, wie immer?

Er
Wie jedes Jahr.

(Pause)

Sie
Rudolf

Er
Ja…

Sie
Aber die Tante Anna lebt doch nicht mehr…

Er
Nein, die ist gestorben…

Sie
Wir könnten dafür jemand anderes einladen…

Er
Ja, das könnten wir…

Sie
Also, wen sollen wir denn einladen?

Er
Ich weiß nicht…

(Pause)

Sie
Rudolf…

Er
Ja…

Sie
Wenn wir ihre Nichte einladen würden, wäre der Platz wieder besetzt.

Er
Ja, das wäre er.

(Pause)

Sie
Rudolf...

Er
Ja..

Sie
Dann sag doch mal was dazu...

Er
Wozu?

Sie
Ob wir die Nichte einladen sollen?

Er
Mir ist egal, wen du anstatt der Tante Anna einladen willst.

Sie
Aber beteiligen könntest du dich schon daran.

Er
Woran?

Sie *(verärgert)*
An der Planung!

Er
Ja, das könnte ich.

Sie
Und warum tust du es dann nicht?

Er
Ich lese gerade ein Buch.

Sie
Das könntest du doch auch nachher lesen.

Er
Nein, nein, jetzt ist es gerade spannend.

Sie *(wird lauter)*
Die Planung ist auch spannend.

Er
Aber es ist jedes Jahr dasselbe.

Sie
Ist es eben nicht. Die Tante ist gestorben…

Er
Dafür kann ich nichts.

Sie
Aber du könntest mich unterstützen!

Er
Ja, das könnte ich.

Sie
Und warum tust du es dann nicht?

Er
Weil ich ein Buch lese.

(Pause)

Sie
Rudolf...

Er
Ja...

Sie *(laut)*
Jetzt sag doch mal was dazu?

Er
 Das habe ich doch.

Sie
Das hast du eben nicht!

Er
Es ist mir egal, wen du einladen willst!

Sie *(ziemlich laut)*
Rudolf, jetzt sag mir endlich, was du denkst.

Er
Aber das habe ich doch!

Sie *(schreit)*
Hast du eben nicht. Du sitzt nur da und liest ein Buch.

Er
Was regst du dich denn so auf?

Sie *(schreit)*
Wenn es dir egal ist, können wir die Feier auch ausfallen lassen. Dann feiern
wir eben allein.

Er
Endlich hast du verstanden, was ich will.

Anton und das Fräulein von Hohenstein

(Saarländische Adaption von Dinner for One)

Hausdiener Anton deckt den Tisch. Als er fertig ist, kommt Fräulein von Hohenstein die Treppe hinunter und geht an den Tisch. Die unverheiratete Dame des Hauses feiert ihren Geburtstag mit fiktiven Personen aus der saarländischen Kulturszene und Geldadel.

2 Rollen
Anton, Hausdiener
Fräulein von Hohenstein

Bühnenbild
Anrichte als Büffet kann auch ein längerer Tisch sein, gedeckter Tisch mit 5 Stühlen, Blumenvase auf dem Tisch, kleiner Teppich liegt neben der Anrichte bzw. vor dem Tisch

Requisiten
5 Stühle, Tisch, Tafelservice für 5 Personen, 5 Gläser, Suppenschüssel, Fischplatte, Fasan, ersatzweise Pute, Früchteplatte, Sherry, Weißwein, Crémant, Digestiv, Blumenvase, Teppich

Kostüme
Anton: Smoking
Fräulein von Hohenstein: Festkleid

Dauer
20 Minuten

*Hausdiener Anton steht vor der Anrichte, Fräulein von Hohenstein kommt auf
die Bühne.*

Sie
Anton?

Er
Fräulein von Hohenstein, guten Abend.

Sie
Guten Abend, Anton.

Er zieht den Stuhl vor.
Er
Sie sehen aber bezaubernd aus heute Abend, Fräulein von Hohenstein.

Sie setzt sich hin.
Sie
Ich fühle mich heute Abend schon viel besser, Anton.

Er schiebt den Stuhl zurück.
Er
Das freut mich sehr, Fräulein von Hohenstein.

Sie
Ich muss sagen, Anton, es sieht wieder sehr schön aus, wirklich, das haben
sie sehr schön hergerichtet.

Er
Vielen Dank, Fräulein von Hohenstein, haben sie vielen Dank.

Sie
Sind alle gekommen, Anton?

Er

In der Tat, sie sind alle hier, ja, ja. Sie sind alle zu ihrem Jahrestag gekommen, Fräulein von Hohenstein.

Sie

Sitzen alle auf ihren Plätzen?

Er

Alle sitzen auf ihren Plätzen wie immer, Fräulein von Hohenstein.

Sie

Herr Geldermann von der Deutschen Dank?

Anton geht an den Sitzplatz rechts von ihr.

Er

Er sitzt hier, Fräulein von Hohenstein.

Sie

Herr Wildspecht?

Anton geht einen Sitzplatz weiter.
Er

Herr Wildspecht sitzt hier, Fräulein von Hohenstein.

Sie

Direktor von Stoch?

Anton geht um den Tisch herum.
Er

Direktor von Stoch sitzt hier an der Seite, Fräulein von Hohenstein.

Sie

Und mein napoleonischer Freund, Herr Blafontaine?

Anton geht einen Sitzplatz weiter.
Er

An ihrer linken Seite, Fräulein von Hohenstein.

Sie

Danke Anton. Dann können sie die Suppe servieren.

Er

Die Suppe, vielen Dank Fräulein von Hohenstein. Sie warten alle schon auf sie. Einen kleinen Apéritiv zur Suppe, Fräulein von Hohenstein?

Anton geht zum Buffet und serviert die Suppe.

Sie

Ich denke, wir trinken Sherry Anton.

Anton geht zum Buffet und nimmt eine Flasche Sherry in die Hand.
Er

Sherry zur Suppe, gut Fräulein von Hohenstein. Bei der Gelegenheit: machen wir es wie im letzten Jahr, Fräulein von Hohenstein?

Sie

Ja Anton, wir machen es wie jedes Jahr.

Er

Gut, machen wir es wie jedes Jahr, Fräulein von Hohenstein.
Anton geht um den Tisch und gießt allen ein.

Sie

Ist der Sherry trocken, Anton?

Er

Ja, ein sehr trockener Sherry, Fräulein von Hohenstein, ein sehr trockener. Genau so trocken wie heute morgen der Sonnenaufgang.

Sie hebt das Glas.
Sie
Herr Geldermann! Auf die niedrigen Zinsen.

Anton geht an den Sitzplatz rechts von ihr und hebt das Glas.

Er
Auf ihr Wohl, Fräulein von Hohenstein. Auf die Aktien.
Beide trinken. Anton geht an den nächsten Sitzplatz. Sie hebt das Glas.

Sie
Herr Wildknecht! Auf die Musik!

Er hebt das Glas.
Er
Auf ihre besonderen Rosen, Carmencita.

Beide trinken. Anton geht um den Tisch herum. Sie hebt das Glas.
Sie
Direktor von Stoch.

Anton hebt das Glas.

Er
Ich muss sagen, das ist ein besonderes Glas aus unserer Fayencerie, Fräulein von
Hohenstein. Da schmeckt der Sherry gleich doppelt so gut.

Sie
Anton, können sie das Glas nachfüllen?

Er gießt sich nach und setzt wieder zum Trinken an.

Er
Wie wundervoll, sehr gut, ja, ja. Auf die Schönheit des weißen Goldes.

Beide trinken. Anton geht zum nächsten Sitzplatz. Sie hebt das Glas.
Sie
Herr Blafontaine.

Er hebt das Glas.
Er
Ein wunderschönes neues Jahr, Fräulein von Hohenstein!

Sie
Ihnen auch, mein lieber Blafontaine.
Beide trinken.

Er
Schön, dass wir wieder zusammen sind, meine alte ewig junge Liebe, mon grand amour!

Sie
Sie können jetzt den Fisch servieren Anton.

Anton räumt das Geschirr ab und stellt alles auf das Buffet.
Er
Fisch aus der heimischen Meeresfischzuchtanlage. Es war der letzte, den ich kriegen konnte.

Anton serviert den Fisch.

Sie
Ich denke, wir nehmen saarländischen Weißwein zum Fisch.

Anton geht an das Buffet und nimmt eine Flasche Wein in die Hand.

Er
Weißwein zum Fisch. Machen wir es genau so wie letztes Jahr Fräulein von Hohenstein?

Sie

Ja Anton, wir machen es wie jedes Jahr.

Anton beginnt einzugießen.

Er

Ja gut, sehr wohl.
Sie hebt das Glas.

Sie

Herr Geldermann! Auf das Wirtschaftswachstum!

Anton geht an den Sitzplatz rechts von ihr und hebt das Glas.

Er

Sehr zum Wohl, Fräulein von Hohenstein. Auf die Währungsunion!
Beide trinken. Anton geht an den nächsten Sitzplatz.
Sie hebt das Glas.
Sie
Herr Wildknecht!

Er hebt das Glas
Er

Auf die Blume ihrer Reben, meine Tosca.
Beide trinken. Anton ist nun leicht angetrunken und geht schwankend an den nächsten Sitzplatz. Sie hebt das Glas.

Sie

Direktor von Stoch!

Er hebt das Glas.
Er

Oh, dass muss ich genießen, Fräulein von Hohenstein. Weißwein aus Perl.

Beide trinken.

Sie

Anton, bitte schenken sie nach.

Anton gießt sich nach.
Er

Zum Wohl, meine Hübscheste!
Beide trinken. Anton geht schwankend an den nächsten Sitzplatz. Sie hebt das Glas.

Sie

Herr Blafontaine.

Er hebt das Glas.
Er

Ein schönes neues Jahr, Fräulein von Hohenstein. Sie sehen heute so jung wie immer aus! So jung wie immer meine Liebste!

Sie

Bitte Anton, servieren sie den Fasan.

Er

Ganz wie sie wünschen.
Anton räumt das Geschirr weg, dabei schwankt er hin und her und lässt fasst einen Teller fallen. Dann serviert den Fasan.

Sie

Ah, dieser Aufbau, ein wirklich feiner Vogel.

Er

Das ist ein würdevoller Vogel, ja wirklich, sehr würdevoll für einen Pleitegeier.

Sie

Anton, ich denke, wir nehmen Crémant zum Fasan.

Er geht ans Buffet und nimmt eine Flasche Crémant in die Hand. Er schwankt und Sitzplatz zu Sitzplatz und gießt allen ein. Er spricht jetzt verwaschen.

Er
Crémant, sehr wohl. Mmmachen wir es wie letztes Jahr, Fräulein von Hohenstein?

Sie hebt das Glas.

Sie
Wir machen es wir jedes Jahr, Anton! Herr Geldermann.

Anton geht schwankend an den Sitzplatz rechts neben ihr und hebt das Glas.

Er
Fräulein von Hohenstein, meine Teuerste.

Beide trinken. Anton ist nun stark angetrunken, verliert das Gleichgewicht macht einen Bogen zum nächsten Stuhl, dann schwankt er zurück an den nächsten Sitzplatz. Sie hebt das Glas.

Sie
Herr Wildknecht!

Er hebt das Glas.
Er
Was für eine Perlage! Was für eine Auslage! Ein wunderschönes neues Lebensjahr, Fräulein von Hohenstein!
Beide trinken. Anton schwankt an den nächsten Sitzplatz.

Sie hebt das Glas.
Sie
Direktor von Stoch!

Er hält sich am Stuhl fest und hebt das Glas.

Er

Muss ich, Fräulein von Hohenstein?

Sie

Anton!

Er

Sehr zum Wohl, mein Porzellanpüppchen.

Beide trinken. Anton schwankt an den nächsten Sitzplatz. Sie hebt das Glas.

Sie

Herr Blafontaine!

Er hebt das Glas. Die Sprache wird immer unverständlicher.

Er

Meine Einzige, Schönste aller kleinen Frauen. Hick…die schönste kleinste Frau, die ich je verehrte, du Paradies meiner Träume. Hick. Ich erkläre den Reigen für eröffnet. Möchten sie jetzt gerne Früchte und den Digestiv?

Sie

Ja, es wird jetzt Zeit für die Früchte und den Digestiv!

Er räumt dem Tisch ab. Dabei stolpert er über den Teppich. Er stellt das Geschirr klappernd auf das Buffet. Dann nimmt er eine Flasche Digestiv und beginnt wieder einzugießen. Dabei nimmt er jedesmal einen Anlauf, um die Gläser zu treffen.

Er

Gut, machen wir es wie letztes Jahr, Fräulein von Hohenstein.

Sie hebt das Glas.

Sie
Ja Anton, wir machen es wie jedes Jahr. Herr Geldermann.

Anton schwankt an den Sitzplatz rechts von ihr und hebt das Glas.
Er
Zucker am Morgen, Zuckerpüppchen, Pfennigstückchen!

Beide trinken. Anton schwankt an den nächsten Sitzplatz. Sie hebt das Glas.
Sie
Herr Wildknecht!

Er hebt das Glas.
Er
Oh, ich bitte um Entschuldigung. Da ist Musik von Wagner drin, Götterdämmerung Fräulein von Hohenstein.

Beide trinken. Anton macht wieder einen Bogen um den Tisch herum und bleibt am nächsten Sitzplatz stehen.
Sie hebt das Glas.

Sie
Direktor von Stoch!

Anton schwankt an den Sitzplatz rechts von ihr und hebt das Glas.
Er
Zum Wohl, mein Täubchen!

Beide trinken. Anton geht an den nächsten Sitzplatz. Sie hebt das Glas.

Sie
Herr Blafontaine!

Er hebt die Vase, entfernt die Blumen und verschüttet das Wasser, dann gießt er das Wasser in die Vase zurück und trinkt.

Er

Oh, diesen Marschall Ney bring ich um, was für eine Katzenbrühe. *Schüttelt sich.*

Sie

Gut Anton, es ist wirklich eine sehr schöne Party.

Er

Ich denke, es ist wieder gelungen. Gehen sie jetzt zu Bett?

Sie

Ja Anton.

Er

Bleiben sie nur sitzen, ich reiche ihnen meine Hand, Fräulein von Hohenstein

Sie

Ich tue, was sie sagen.

Er geht hinter ihren Stuhl und schiebt ihn zurück. Sie steht auf. Er reicht ihr die Hand.

Er

Ja, ja, bei der Gelegenheit: machen wir es wie letztes Jahr, Fräulein von Hohenstein?

Sie

Genauso wie jedes Jahr, Anton

Sie legt ihre Hand um seinen Arm und hängt sich ein.

Er

Gut, dann will ich mein Bestes geben.

Werkverzeichnis

Vermisstenanzeige. Gewidmet den ermordeten Juden des Naziregimes. Lyrik und Prosa. Vera Hewener. Libri BoD. Norderstedt 2000. ISBN 3-8311-0748-3. 2. erw. Auflage 2014. ISBN 978-3831107483.

Lichtflut. Reisenotizen. Lyrik und Prosa. Vera Hewener. Edition Calamus. Norderstedt 2001. ISBN 3-8311-1493-5. 2. erw. Auflage 2014. ISBN 987-3831114931.

Eine Neigung aus Blau. Gegenwartslyrik. Vera Hewener. Norderstedt 2002. ISBN 3.8311-3334-4. 2. Auflage 2014. ISBN 9783831133345

Bist Himmel mir und tausend Feuerfunken. Gedichte. Vera Hewener. Mauer Verlag. Rottenburg a/N. 2003. ISBN 3-937008-46-2.

Verwirbelungen der Zeit. Vera Hewener. Lyrik mit Bildern von Carolin Isele. WiKu Éditions Paris E.U.R.L. Paris und WiKu Verlag KG Berlin 2005. ISBN 3-86553-203-9.

Es kommen andere Ewigkeiten. Gedichte. Vera Hewener. WiKu Édition Paris ISBN 2-84976-0188 WiKu Verlag 2007. ISBN 978-3-86553-189-6.

Himmelsstürme. Vera Hewener. Gedichte mit Fotografien. edition Wort Verlag Bitburg 2010. ISBN 978-3-936554-00-3.

Das Jahr: Dichtung in vier Sätzen. Vera Hewener. Gedichte mit Fotografien. BoD Books on Demand Norderstedt 2013. ISBN 978-3-7322-3168-3.

Zaubervolle Winterwelt. Gedichte, Geschichten, Notizen. Vera Hewener. Verlag BoD Books on Demand. Norderstedt 2014. ISBN 9783735761262.

Frühlingsserenade. Die schönsten Gedichte, Geschichten und Notizen zur Frühlingszeit. Vera Hewener. Verlag BoD Books on Demand. Norderstedt 2015. ISBN 978-37347-3140-2.

Die Blüte des Sommers. Sommeranthologie. Die schönsten Gedichte, Geschichten und Kalendernotizen. Vera Hewener. Verlag BoD Books on Demand. Norderstedt 2015. ISBN 978-3-7347-89540.

In der Saar schwimmen keine Krokodile. Gegenwartslyrik & Texte. Vera Hewener. Verlag BoD Books on Demand. Norderstedt 2015. ISBN 9783738635676

Von Lorraine nach Aquitaine. Reisenotizen in Lyrik und Prosa. Reiseliteratur Band 1. Vera Hewener. Verlag BoD Books on Demand. Norderstedt 2016. ISBN 9783741210860.

Du trocknest meine Tränen wieder. Religiöse Lyrik & Texte. Vera Hewener. Verlag BoD Books on Demand. Norderstedt 2016. ISBN 9783743113589.

Zaubervolle Jahreszeiten. Der Frühling. Vera Hewener. Verlag BoD Books on Demand. Norderstedt 2017. ISBN 9783743125117.

Aus meinem Federkiel. Magische Momente. Natur & Seele. Gedichte. Vera Hewener. Verlag BoD Books on Demand. Norderstedt 2017. ISBN 9783744870511.

Zaubervolle Jahreszeiten. Der Sommer. Vera Hewener. Verlag BoD Books on Demand. Norderstedt 2017. ISBN 9783744870993.

„Kerzen, Wunder, Himmels-Zunder". Vera Hewener. Lustige und besinnliche Geschichten und Gedichte zur Advents- und Weihnachtszeit. Verlag BOD Books on Demand. Norderstedt 2017. ISBN 9783744893824. 2. Ausgabe 2019. ISBN 9783738629682.

Die Jahreszeiten: Auslese. Gedichte. Vera Hewener. Verlag BOD Books on Demand. Norderstedt 2018. ISBN 9783738636017.

Werkausgabe Band I. Frühe Gedichte 1970-1999. Verlag BOD Books on Demand. Norderstedt 2018. ISBN-13: 9783746025292.

Kinder, Hund, Familienbund. Lustiges, Tierisches und Allzumenschliches in Lyrik und Prosa. Vera Hewener. Verlag BOD Books on Demand. Norderstedt 2018. ISBN 9783746056821.

Zaubervolle Jahreszeiten. Der Herbst. Vera Hewener. Verlag BoD Books on Demand. Norderstedt 2018. ISBN 9783752842135.

Christnacht, Glocken, Engelslocken. Gedichte und Geschichten zur Weihnacht. Vera Hewener. Verlag BoD Books on Demand. Norderstedt 2018. ISBN 9783748107637. 2. Ausgabe 2019. ISBN 9783741251641.

In der Saar feiern die Fische. Gegenwartslyrik & Szenen. Vera Hewener. Verlag BoD Books on Demand. Norderstedt 2019. ISBN 9783732237142. 2. Aufl. 2020. ISBN 9783752810080.

Von Brandasund bis Nasholim. Reisegedichte, lyrische Ausflüge, Geschichten und Notizen. Reiseliteratur Band 2. Vera Hewener. Verlag BoD Books on Demand. Norderstedt 2019. ISBN 9783732235841.

Tannen, Lobgesang, Weihnachtsklang. Gedichte, Geschichten, Liedtexte und Bühnenstücke zur Advents- und Weihnachtszeit. Vera Hewener. Verlag BoD Books on Demand. Norderstedt 2019. ISBN 9783750400030.

In der Saar tanzen die Schwäne. Gedichte, Geschichten & Szenen. Vera Hewener. Verlag BoD Books on Demand. Norderstedt 2020. ISBN 9783751921060.

Zaubervolle Weihnachtswelt. Geschichten, Gedichte, Stücke & Notizen zur Advents- und Weihnachtszeit. Vera Hewener. Verlag BoD Books on Demand. Norderstedt 2020. ISBN 9783752606409.

Weihnachtsklang, Lobgesang. Deutsche Gedichte und Nachdichtungen internationaler Weihnachtslieder, Gospels, Spirituals und deutsche Weihnachtslieder in moselfränkischer Mundart. Vera Hewener. Verlag BoD Books on Demand. Norderstedt 2020. ISBN 9783752606393.

Sodom und Camorra. Kurze Bühnenstücke für viele Gelegenheiten. Vera Hewener. Verlag BoD Books on Demand. Norderstedt 2020. ISBN 9783752606386.

Oh Frühling, komm! Natur, Stadt & Land. Die schönsten Frühlingsgedichte. Vera Hewener. Verlag BoD Books on Demand. Norderstedt 2021. ISBN 9783753439594.

Oh Sommer, leuchte. Natur, Stadt & Land. Die schönsten Sommergedichte. Vera Hewener. Verlag BoD Books on Demand. Norderstedt 2021. ISBN 9783753421414.

Oh Herbst, wandle!. Natur, Stadt & Land. Die schönsten Herbstgedichte. Vera Hewener. Verlag BoD Books on Demand. Norderstedt 2021. ISBN 9783754320655.

Oh Winter, schneie! Natur, Stadt & Land. Die schönsten Wintergedichte. Vera Hewener. Verlag BoD Books on Demand. Norderstedt 2021. ISBN 9783754347034.

Das kleine Tännlein. Die schönsten Weihnachtgeschichten. Vera Hewener. Verlag BoD Books on Demand. Norderstedt 2021. ISBN 9783755701705.

Denn die Zeit ist des Ewigen Aufgang. Zeitgedichte von der Morgenröte bis zur Abendstunde. Vera Hewener. Verlag BoD Books on Demand. Norderstedt 2022. ISBN 9783755738756.

Denn die Nacht ist der Spiegel der Sterne. Abend- und Nachtgedichte. Vera Hewener. Verlag BoD Books on Demand. Norderstedt 2022. ISBN 9783755730125.

Verrückte Tierliebe. Tiergedichte für alle Generationen. Vera Hewener. Verlag BoD Books on Demand. Norderstedt 2022. ISBN 9783754359860.

Wellen, Wogen, Himmelsbogen. Gedichte und Geschichten über Meere, Ströme und Gewässer. Vera Hewener. Verlag BoD Books on Demand. Norderstedt 2022. ISBN 9783755734468.

Äpfel, Nuss und Mandelkuss. Weihnachtsgeschichten. Vera Hewener. Verlag BoD Books on Demand. Norderstedt 2022. ISBN 9783756223770.

Das Licht der Weihnacht. Die schönsten Weihnachtsgedichte. Vera Hewener. Verlag BoD Books on Demand. Norderstedt 2022. ISBN 9783756844197.

In Paris ist die Zeit verschwunden. Gedichte. Vera Hewener. Verlag BoD Books on Demand. Norderstedt 2023. 2. Auflage 2024. ISBN 9783734714283.

Oh Rose, Zauberblume, Rosengedichte und Geschichten. Vera Hewener. Verlag BoD Books on Demand. Norderstedt 2023. ISBN 9783738612936.

Vom Salzburger Land bis Südtirol. Reisenotizen in Lyrik und Prosa. Reiseliteratur Band 3. Vera Hewener. Verlag BoD Books on Demand. Norderstedt 2023. ISBN 9783744818124.

Weihnachtstheater. Kurze Bühnenstücke, Sketche. Vera Hewener. Verlag BoD Books on Demand. Norderstedt 2023. ISBN 9783746092607.

Heller Glanz in stiller Nacht. Neue Weihnachtsgeschichten, Gedichte. Vera Hewener. Verlag BoD Books on Demand. Norderstedt 2023. ISBN 9783755700357.

Naturgedichte. Landschaften, Städte, Jahreszeiten. Vera Hewener. Verlag BoD Books on Demand. Norderstedt 2024. ISBN 9783757830540.

Pfeift ein Vogel den Liebeslaut. Vogelgedichte, Notizen, Geschichten. Vera Hewener. Verlag BoD Books on Demand. Norderstedt 2024. ISBN 9783758371417.

Unterwegs in Deutschland. Reisenotizen in Lyrik und Prosa. Reiseliteratur Band 3. Vera Hewener. Verlag BoD Books on Demand. Norderstedt 2024. ISBN 9783759729132.

Wunderheilig glänzt die Nacht. Weihnachtsgeschichten, Gedichte. Vera Hewener. Verlag BoD Books on Demand. Norderstedt 2024. ISBN 9783759723604

Wenn Christrosen blühen. Die schönsten Weihnachtsgedichte Band II. Vera Hewener. Verlag BoD Books on Demand. Norderstedt 2024. ISBN 978375977993.

Im Haus wohnt eine Künstlermaus. Lustige Gedichte für Kinder, Erwachsene und Senioren. Vera Hewener. Verlag BoD Books on Demand. Norderstedt 2025. ISBN 9783769306927

Im Zauberland des Frühlings. Die schönsten Frühlingsgeschichten und Gedichte für Jung und Alt. Vera Hewener. Verlag BoD Books on Demand. Norderstedt 2025. ISBN 9783769338911.